メディアワークス文庫

おやすみの神様

鈴森丹子

目　次

序章

清々《すがすが》しく晴れあがっていた昼間を遠くに押し上げて、ゆっくりと秋夜を引き寄せている空にあかとんぼが飛ぶ。

朝晩の冷え込みで厚着をしている者もいれば、昼間の暑さに衣替えを先延ばしした薄着の者もいる十月の始まり。それぞれ思い思いに一日の終わりを始めようとしている人々が、列をなしてバスを待っている停留所。その屋根の上で、西方の空に輝きだした金星を眺めている一つの影。

ふと、その頭上を西から吹いた一陣の風が通り抜けた。

「神渡しか。少々気が早いでござるな」

呟《つぶや》いた刹那《せつな》、山の神は視線を感じて地上を見下ろす。

「ほぉ。川の神ではござらぬか」

手元のスマホや夕刊に目を落として俯《うつむ》いている人々の中で、空を見上げていた川の神の目が山の神の姿を捉えると、するする屋根を上ってその隣に腰を下ろした。

「はて。見知り越しのお顔に寄りんしたが。どちら様でありんしょう」

「またそれか。あれに見えるは森の神だな」

言われて川の神が振り返ると、遠くで手を振っていた森の神が駆け寄ってくる。

「一緒だったのかい。山の神さん！　川の神さん！」

「今しがた会ったばかりでありんす」

川の神の言葉に「うむ」と頷《うなず》く山の神。その隣に森の神も腰を下ろした。

「少々頭が乱れておいでで。山の神殿」

「先刻、気の早いどこぞの神が、それがしの頭を掠《かす》めて出雲《いずも》へ渡って行きおったのだ」

残像を追うように頭上を見上げる山の神の視界を、一機の飛行機が横切っていく。

「おや。あれは、あたいが折った紙飛行機じゃないのさ。道に迷ったらこれでも飛ばして追いかけなって、島の神に渡しておいたんだよ」

山の神と川の神、そして森の神はどこまでも飛んでいく紙飛行機を見送った。間もなく一台のバスが速度を落としながら、停留所へ向かってくるのが見えた。

「これはこれは。皆さんお揃《そろ》いでござんすね」

「来たね。島の神さん！」

バスの上に乗ってやってきた島の神が合流する。空の色が変わろうとも、時間に縛られない神様達《たち》は屋根の上で風景の一部と化し、開かれたバスの扉から吐き出されたり吸い込まれたりする人々の、誰の目にも留まることはない。

「こうして引き合い巡り合うも縁にござる」

「山の神殿も、縁の神に呼ばれて来たのでありんしょう?」

「川の神の姉さんもですかい。あっしもでござんす。それじゃ森の神の姉さんも?」

「そうだよ。何が縁だよ。集合かけられて集まっただけじゃないのさ」

「それがし男の誘いを受ける趣味はござらぬ。しかし何やら美味《うま》い物が食えると聞いたのでな。少し寄ったまでにござる」

「縁の神のラーメン。あれは確かに絶品だったねぇ。でも辞めたんじゃなかったのかい? もう気が済んだからってさ」

「今は蕎麦《そば》打《う》ちにハマっているという風の噂《うわさ》を耳にしんした。デザートが無んなら帰るでありんす」

「食後の一杯も出してくれなきゃね。どうせまた、暇なら縁でも結んでこいって話だろうからさ」

「またですかい。そのソバウチってのは美味いんですかい?」

「食うてみないとわからぬが。神である以上、求める人あらば放ってはおけぬでござる」

「社も名もないフリーランスなあたい達だけど、神である誇りはあるからね」

「あっしも神の端くれ。縁の一つや二つ、結んで見せやしょう」

「お迎えが来たようで」

バスが去って無人となった停留所。そこへ走り込んできた一つの影に飛び乗った神様達は、明かりの灯《とも》る大通りの中へと消えていった。

同居の神様

どちらにしようかな。子供の頃、迷った時はそんな歌を歌って決めていた。

この大通りをまっすぐ進んで二つ目の信号で右に曲がれば、左手に私が一人暮らしをしているアパートが見えてくる。今すべきことは家に帰ることで、家までの道もちゃんとわかっている。お酒を飲んできたけれど、歩けないほど酔ってはいない。

なのに足が進まない。私、坂神吉良恵《さかがみきよえ》は人生の分かれ道で途方に暮れています。


事の発端は今朝。休みだと言うのに会社に呼び出されたことから始まった。十月十日のこの日は、私の二十四回目の誕生日だと知っていても、特別予定はないとわかっている社長はなんとも気軽に「おいで」と電話で呼び出した。

自宅から自転車で十分弱の場所にある小さな造園会社は、私の実家でもある。木造二階建ての住居の前に自転車を止めると、庭を挟んだ向かい側にある離れの事務所へ入った。

「なんだお前、そんな恰好《かっこう》で」

私を振り返るなり社長が顔を顰《しか》めた。ここで庭師として働いている私は当然のように作業服で来ていた。玄関に見慣れない、男性物の革靴があるのを見つけて事態を悟る。来客がいるんだ。

「だっておじいちゃん何も言わないから。てっきり休日出勤だと思って」

社長は「まぁ、いいか」と衝立《ついたて》の向こうを顎で指した。覗《のぞ》き込《こ》むようにして顔を出す。古いテーブルと色褪《いろあ》せた椅子があるだけの応接スペースには、私のお母さんと向かい合わせで座っている男性がいた。男性は私を見るなり目を細めて微笑《ほほえ》む。

「久しぶりだね。キヨエちゃん」

誰だろうこの人。身近な人しか使わない呼び名で呼ばれてポカンとしている私に、男性は少し寂しそうに笑った。

「僕だよ。大林賢人《おおばやしけんと》」

男性が名乗った途端、むず痒《がゆ》いような気持ちが全身を走り抜けて私は「あっ!」と声を上げた。

「三従兄《みいとこ》のケンちゃん?」

男性は「正解」と白い歯を見せて笑った。

昔、二軒隣りに三つ年上の男の子が住んでいた。遠い親戚で、意味もわからず周りが言うのをマネして「みいとこのケンちゃん」と呼んでいた。一人っ子同士だった私達は、仲の良い兄妹《きょうだい》のように育った。実際に私達が本当の兄妹だと思っていたご近所さんもいたくらいだ。

でも私が小学六年生の時にケンちゃんの家は引っ越してしまい、それきりだった。

「きれいになったね」

わかるわけがない。柔らかく笑うその顔には、確かにあの頃の面影が残っている。でも、すっぴん作業服の女にそんなお世辞がさらっと言えるような紳士ではなかった。

「ど、どうも。お久しぶりです……」

背が小さくて気も弱い、でも優しかったお兄ちゃんが、いつの間にか高身長でスーツもシックに着こなす、大人のお兄さんになっている。それだけの時間、私達は会えていなかったのだなと時の流れを深く感じた。

ケンちゃん、いや、もうそう呼ぶには抵抗を感じる程すっかり素敵な男性になった大林さんは、うちとはまるで規模が違う大きな造園会社で働いていたと言う。

「賢人君はうちに住んでもらうことにしたから」

何を言ってるのお母さん？　きょとんとする私に大林さんは笑顔のまま「よろしくね」と手を差し出す。

「は、はい？」

首を傾《かし》げながらも大林さんと握手を交わす私に社長が言う。

「賢人は今日からうちの家族だ」

社長のおじいちゃんが言う家族とは、従業員を指す言葉だ。大林さんがここで住み込みで働くと言うこと？　つまりそれは、こっちに帰って来たって言うこと？

「聞いてない」

恨めしく睨《にら》む私から目を逸《そ》らした社長は笑ってごまかそうとする。こんな大事なことをよくも今まで伝え忘れてくれていましたね。

「おかえりなさい！」

嬉《うれ》しい顔を社長に見せるのは悔しいけど、笑顔が止まらなかった。私はケンちゃんの帰りを心から喜んだ。長年会えていなかったけれど、こうして大人になった大林さんと再会出来て、これから一緒に働けるんだと思うと心が躍るようだった。

その後大林さんは社長と挨拶回りへ出かけ、私はお母さんが作った昼食を食べてからアパートへ帰宅した。グレーのパーカーとデニムパンツ、作業着とあまり変わらない普段着に着替えると、やりかけのゲームをしたり読みかけの本を開いたりして自由に過ごした。

誕生日を祝ってくれる友人も恋人もいないけれど、今日の私にはこれがあるから幸せ！　冷蔵庫から取り出したのはアイスクリーム。高級感と冷気が漂うそれにスプーンを添えて、日の当たる暖かい窓辺にクッションを置いて座った。

毎年この日にだけ自分に許す贅沢《ぜいたく》。名店から取り寄せた絶品を前にして、にんまりが止まらない私を再び社長が呼び出したのは、日も沈みかけた夕方だった。

『賢人の歓迎会をやるから、今すぐ来なさい』

私は渋々アイスクリームを冷凍庫へ戻して、ちょっと迷ったけれど普段着のまま家を出た。

「またお前は、そんな恰好で」

店に入るなり私を見た社長が顔を顰めた。本当は私だって迷いましたとも。でもすっぴんで再会した後にバッチリおしゃれして行くのは、何だか恥ずかしい気がして。それに、好きなんて意味もわからずケンちゃんに淡い恋心を抱いていた子供の頃を思い出して、今思えばずっと一緒にいたケンちゃんはきっと、私の気持ちなんてお見通しだっただろうなと思うと、ますます気恥ずかしくなって。それで普段着の方が落ち着けると判断した。目が合った大林さんに笑顔で返した私は、これは正解だったと思った。ただ。お世辞だとわかっていても「きれいになった」と言われて嬉しくないわけがなくて、ちょっとだけメイクはしてきました。

社長行き着けの小料理屋にはテーブル席にいる社長と大林さんの他に、両親を含む社員六名がカウンター席に座っていた。私もカウンターの椅子に腰かける。

「これで家族全員揃ったな。では賢人の入社を祝して乾杯だ。あぁ、それと今日はキヨエの誕生日だったな。おめでとう」

我が社で貸し切った狭い店内に「かんぱ――い！」の声が響く。序《つい》でだったけれど祝ってもらった私も、美味《おい》しくビールを頂いた。

美味しい料理とお酒でほろ酔い機嫌のなか、改めて皆に挨拶をする大林さんをこっそり眺める。あの頃はちょっと頼りなくて、中学の制服もブカブカだったのに。今の大林さんは社員の誰よりも背が高くて、腕も太くて逞《たくま》しい。視力が下がって眼鏡をかけたくらいしか変化がない私とは大違いの進化だ。

みんなに話がある。そろそろお開きと言うところで社長が立ち上がった。昔からお酒に強いおじいちゃんは人一倍飲んでいるのに、少しもふらつかずに堂々と私達の前に立つと、その態度とは裏腹に体力の限界だと引退を宣言したのだった。

突然の出来事に私は驚きを隠せなかった。

でも本当の衝撃発言は、この後に飛び出した。

「会社は息子に託す。そして、副社長は賢人だ」

何を言っているのおじいちゃん？　意味が分からず周囲に目をやると、他の社員達も私と同様に目をぱちくりさせている中で、両親と大林さんだけが社長をまっすぐ見据えていた。

代々続く庭師の家に生まれた一人娘である私は、社長の言葉の意味を噛《か》み砕《くだ》くまでにかなりの時間を要した。

お父さんが社長に就任。それは当然だ。そして次期社長に位置する副社長には、入社したばかりの大林さんが。つまり、行く行くは彼が家の跡を継ぐということだ。

「どういうこと？」

夜道で立ち止まり動けなくなったままの私は、頭を抱えて呟いた。噛み砕いた社長の言葉は何とかごくりと飲み込んだものの、みんなからの拍手に笑顔で応えていた大林さんの顔が、喉に刺さった小骨のように引っかかっている。満足気な社長の顔が胸につかえて息苦しい。

送っていくと言う大林さんの申し出を「大丈夫です」と断って店を出てから、どれくらいの時間が経《た》ったんだろう。手足がすっかり冷え切っているのに家に帰る気になれなくて、住宅街の中をぐるぐると歩き回っていた。そうしているうちに私は何をやっているんだろうと、頭の中までぐるぐるしてきてよくわからなくなった。

全然、大丈夫じゃなかった。

どうして私じゃないの。たった一人の孫の私が家を継ぐために庭師になって働いているというのに、どうして跡継ぎが私じゃなくて大林さんなの。五歳の時、家族を喜ばせたくて庭師になると宣言した。それを聞いて誰よりも喜んでいたのはおじいちゃんだった。それなのに。

立ち続けて痺《しび》れ始《はじ》めた足を抱くようにして、私はその場にしゃがみ込んだ。想定外の行き止まりに差し掛かった私の左右には今、二つの道がある。庭師を辞めるか。辞めないか。

跡継ぎという役割がないなら、このまま続けていても意味はない。でも今更、他にやりたいこともない。どちらへ進んでも先が見えない。どこへ向かえばいいのかわからない。私は人生という道で迷子になった。通いなれた道で前に進めなくなった。

くしゃみをして、鼻水が出た。寒い。どこにも行けずにこのままここで凍死する道だけは避けたいのに、立ち上がる気力が湧かない。辞めるのか、続けるのか。今の私には決められそうにない。天の神様でも誰でもいいから、私の進むべき道を教えてほしい。助けてほしい。天じゃなくたっていい、どこの神様でもいいからお願いします。

本当に何をしてるんだろう私は。二度目のくしゃみで急に冷静になる。車も通らず人気のない道。助けを求めたって神どころか人もいない。私以外に誰もいない。

でも狸《たぬき》ならいた。

冷たい路上に座り込んでいる私の隣に、いつの間にか子狸が座っていた。どこの山から下りてきたんだろう。海に近いこの辺りで狸に遭遇したのは初めてだった。辺りを見回しても、仲間や家族らしき狸は他にいない。弱っているのか、じっとして動かないでいる。

「君も迷子なんだね。おいで。一緒に帰ろう」

このまま置き去りにしたら車に轢《ひ》かれてしまうかもしれない。伸ばした手で狸を抱き上げる。両手に伝わるふわふわした温かさ。少しホッとした私は立ち上がった。そのまま狸を胸に抱えて歩き出す。人生の迷子である私は、迷子の狸を他人事《ひとごと》だと放っておけずに、保護してそのまま家へ連れて帰った。

◆

年に一度の特別なアイスクリームも食べる気になれなくて冷凍庫にしまったまま、冷えた身体《からだ》をお風呂でしっかり温めて、浅い眠りを繰り返しながら夜を過ごした。

そして迎えた翌朝。連れてきた狸はベッド脇のラグの上で、すぃすぃと寝息を立てていた。

風邪もひかずに今日も生きているわけだし仕事には行かなくちゃいけない。私は狸の側に柿を二つ置いて家を出た。帰ったら念のため病院に連れて行って、それから保護センターに相談してみよう。

いつもの作業服に着替えると自転車で実家へ向かった。跡継ぎという役目を失った今、仕事を続ける事に疑問を抱いている私は一体どんな顔で出社すればいいんだろう。

「おはようございます」

事務所に入るとお父さんの話し声がした。他には誰もいなかった。電話中のお父さんから片手間に車の鍵を渡される。無言で受け取って事務所を出た私は、向かいの母屋の前で足を止めた。今頃キッチンではお母さんが、みんなのためにコーヒーを淹《い》れている。居間では社長が、大林さんと一緒に朝ご飯を食べているだろう。

コーヒーは飲みたい。けれど私はそのまま道具を詰め込んだ社用車に乗り込んだ。

向かった先は水族館。日本には大小合わせて百以上の水族館があるらしいけど、うみとも水族館はこの辺りにある唯一の水族館だ。

巨大水槽や水中トンネルがあるわけでもなく、展示されている海洋生物の種類も豊富とは言えなくて、わざわざ遠方から来る人はいない。だからこそゆっくりと鑑賞出来るところが利点。遠足や課外授業など子供達には定番スポットで、大人達には癒《いや》しスポットとして定評がある。昔から地元に愛されてきた水族館で、食べること以外に魚類へ対して興味のない私ですら、子供の頃から何度も訪れていて馴染《なじ》みがある。

前にも言いましたが私の職業は庭師。仕事をサボって遊びに来たわけじゃない。この水族館が今の私の仕事場だ。

この水族館は北と南に建物が分かれていて、間に屋外広場がある。北館と南館を繋《つな》ぐ通路があるだけだった広場を、イベントや休憩が出来る多目的スペースにして欲しいと依頼を受けた我が社が先月、ステージやベンチを設置した中庭に造り変えた。

そして私は今、この庭の維持管理を任されている。動機も意欲もない私に残っているのは責任。それだけでも、跡継ぎじゃなくなった今の私に働く理由があるのはありがたい。

午後三時に水族館を出て事務所へ戻り、道具の整備と明日の準備をして午後四時に仕事を終えた。母屋のキッチンではお母さんが、外作業から帰ってくる家族のために温かいスープを作っている。

スープは飲みたい。けれど私はそのまま自転車に跨《また が》って自宅アパートへ向かった。

一日単独作業をしていたお陰で少しは気持ちも落ち着いている。だけど大林さんの顔を見たら、まだ迷子であることに変わりない私は、再びぐるぐると家に帰れなくなってしまいそうで怖かった。

それに今日は予定がある。昨夜連れ帰った、あの迷子の狸を何とかしてあげないと。

総戸数四戸の二階建てアパート。その脇にある駐輪場に自転車を止めた時、今朝はいつも通りに明かりを全て消してから出掛けたのを思い出した。暗い部屋に残された狸は大丈夫だろうか。心配になって二階へ駆け上がると、急いで玄関を開けた。

「……あれ？」

玄関を入るとすぐにキッチンとリビングダイニングがある。その奥にガラス戸で仕切られただけの寝室。そのすべての明かりが点《つ》いていた。

消したつもりだったのに。今朝のどんよりしていた自分を顧みれば、全ての明かりを点けっぱなしで出掛けていても不思議じゃない。

「ただいま」

就職したのを機に、人の出入りが多くてプライベートが守られない実家からここへ移り住んだ。一人暮らしを始めてから初めて口にしたこの言葉は勿論《もちろん》、狸に向かって発したものだった。

「おかえり」

なのに返事が返ってきたものだから私は驚いて、一時停止ボタンを押されたみたい

に動きが止まってしまう。息まで止まってしまうかと思った。

私と狸以外に誰もいないはずの部屋で、男の声がした。気のせい？　気のせいに決

まってるけどお願い誰か気のせいだと言って。やっぱり言わないで誰かいたら怖い。

「気のせい。気のせい」

自分で自分に言い聞かす。

「気のせいとは何事か？」

また声がした。間違いなくこの部屋の中で、私ではない声がした。恐怖で声も出な

い私は身を縮めながら、ベッド脇にいる狸に駆け寄って抱き上げた。

「だ、誰かいるの？　いるなら返事をして。やっぱりダメ何も言わないで怖い！　隠

れてないで出てきて。やっぱりダメダメ出て来ないで怖い！　あぁ、もうどうしたら

いいの怖すぎるよぉ」

「お嬢よ。そのように取り乱していかがした」

「わからない。一体何が起こってるのか。……え？」

私、誰と話してるの？　声がした方を見ると、小脇に抱えてる狸と目が合った。

「落ち着くでござる。息を吸って、深呼吸をするのだ」

狸から男の声がする。声に合わせて狸の口が動いている。これはつまり、狸が喋《しゃべ》っているということ？　そう言うこと？　どういうこと？

目を見開いたまま狸を凝視する私は、どうしていいのかわからなくて言われるままに息を吸い込んだ。


ぽさ。ぽさ。ぽさ。さっきから何か柔らかいものが顔に当たっている。うっすらと開けた目で暫《しばら》く観察する。私は何故《なぜ》か横たわっていて、顔のすぐ横には丸っとした毛の塊があって、そこから出ている尻尾が一定のリズムを刻んで、私のおでこに振り落とされている。

ゆっくりと起き上がると、私はベッドの上にいた。いつの間に眠ったんだろう。狸が喋りだす夢まで見ちゃって。

「気付いたな。大丈夫か？　お嬢は急に気を失ったのだ。わかるか？」

傍らでこちらを見上げている狸に、私は無言で頷いた。夢じゃなかったのはわかった。私を恐怖に陥れた謎の声の正体は、この妙な狸だった。

「……あの。どうして狸が喋ってるの？」

「それがし狸ではござらん」

どう見たって狸だから、そう言われても困ってしまう。

「それなら、何ですか？」

「それがし神様でござる」

不思議と怖くはなくて、変な口調で可愛《かわい》さが半減しているのが残念にすら感じる。

「ござる……。猿？　いいえどう見たって狸……。え、神様？」

「うむ。昔話で御存じ、有名なお爺《じい》さんが柴刈《しばか》りをしたと語り継がれる名高い山の神様にござるぞ」

そんな「えっへん」と胸を張られたって困る。有名なお爺さんって誰なの。名高い山って何処《どこ》なの。白い髭《ひげ》を伸ばした仙人や、ちょんまげ頭の侍が脳裏を過って混乱が加速する。

「その目、疑っておるな」

「まだ夢を見てるみたい」

「もう充分眠ったではないか」

言われて壁の時計を見ると、帰宅してから一時間が過ぎようとしていた。狸が喋るなんて変だ。やっぱり動物病院へ連れて行くべきかな。それとも変なのは私？　私が病院へ行くべき？　頭を抱えながらベッドを出る。

「……あれ。私、どうしてベッドにいるの」

喋りだした狸に驚いて気を失った。そのまま運良くベッドの上に倒れたのだとしても、私の頭はちゃんと枕に乗っていたし、身体は布団の中にあった。まるで誰かが運んでくれたみたい。

「それがしが運んでやったのだ」

「まさか。流石《さすが》に無理があるよ」

いくら小柄な私だって、こんな小さな狸に運べるわけがない。狸と話しているだけでも十分、道理に反しているけれど。

「神に無理などござらん。しかし人間の世においては人間の姿でなければ面倒なことも多い」

「……それってつまり、人間になれるってこと？」

「いかにも。百聞は一見に如かず。よく見ておくがよい」

「え、嘘《うそ》。ちょっと待って！」

狸が人に化けるのは絵本の中のお話だ。

「これをこうして」

「だから待っ……」

でもこの狸、本当に人間になれる気がするんですけど。そんなことされたら……。私の制止も聞かずに狸は、リビングにある観葉植物から葉っぱを一枚取り、それを頭に乗せてぽっこりとしたお腹《なか》を三回、リズミカルに叩《たた》いた。

次の瞬間。狸は忽然《こつぜん》と姿を消して、代わりに男が現れた。

年は私より少し下だろうか。明るく染めた髪の間から覗いているピアスと、白いシャツの首元で揺れるネックレスが光った。爽やかな顔立ちと、デニムを履いた長い脚はまるでモデルみたい。

「眉目秀麗でいけめんなそれがしに見惚《みと》れるのは仕方ないが、いつまで見ておるのだ。見世物ではござらん」

男が狸と同じ声と口調で話す。やっぱりだ。喋る狸が本当に人間になったんだ。心の準備がまだできていなかった私は、遠のいていこうとする意識を再び手放した。

「これ。二度も気絶するでない」

気が付くと抱きしめられていた私は悲鳴を上げて、男を思い切り突き飛ばした。後ろへ倒れた男は尻もちをつく直前、狸の姿に戻ってそのままコロコロと床の上を転がっていった。

「神を投げるとは何事か！」

「ごめん……なさい。あの、大丈夫？」

四回転した後に起き上がると、ぷりぷりとほっぺを膨らませて怒りを露《あら》わにする自称神様。その目はくるくると回っている。

「心配など無用でござる」

言ってるそばからその場にぽてんと尻もちをついたのは見なかったことにしつつ、怪我《けが》がない様子にホッとする。

「しかしけしからぬ。呼び出しておきながら、神を何と心得ておるのか」

「呼び出した？　私が、あなたを？」

「うむ。昨夜『助けてほしい』とそれがしを呼んだではないか」

「そんな覚えは……」

神様を拾った昨夜の出来事が脳裏に浮かぶ。仕事を辞めるか、続けるか。左右に分かれた人生の道で迷い、家に帰れなくなっていた私は、天の神様の言うとおりに進むわけにもいかなくて、誰かに助けを求めていた。

『助けてほしい。天じゃなくたっていい、どこの神様でもいいからお願いします』

そして目の前に現れた狸が今、自分は神様だと言いだしている。

ということはつまり、この神様を呼んだのは私？　そんな覚えは無いと言いかけていた口が開いたまま塞がらない。

「分かったようだな。ではそれがしは風呂に入ってくるでござる。その間に夕餉《ゆうげ》の支度を頼む」

「ちょっと待って。……風呂って？」

「なに。風呂も知らぬのか。湯船に湯を張ってだな」

「そうじゃなくて、入ってくの？　うちのお風呂に」

「うむ。もう沸かしてある」

「そんな勝手に……。ううん、今はそれよりも。あの、確かに呼んだのも連れてきたのも私かもしれないけど。だけど知らなかったの」

本当に神様がいるなんて知らなかった。山の神様が妖怪狸だなんて知らなかった。

私は目の前の神様に、助けを求めた理由を話した。子供の頃から自分は家の跡継ぎだと思っていたこと。代々続く家を守れるように、仕事は真剣に取り組んできたこと。だけどおじいちゃんが跡継ぎに選んだのは遠縁の幼なじみだったこと。そうとは知らずに初恋の相手だった大林さんが戻ってきて浮かれていたこと。

一度話し出したら止まらなくなった。この先どうしたらいいのか。誰にも話せない悩みを、気が付けば私は狸の神様に包み隠さず打ち明けていた。全てを話し終えている自分にビックリしながら、でも終始黙って私を見つめていた神様の円《つぶ》らな瞳に警戒心が解けていくのを感じる。

「でも。もう大丈夫です。今は自分に与えられた責務を全うすることだけ考える」

悩んだところで今更自分に出来ることなんて限られている。まだ迷っているけれど、誰かに話せたことで喉の小骨が、胸のつかえが取れたみたいに少しだけスッキリした。

「だからもう、おかえり頂いて大丈夫です」

この狸が神様であれ妖怪であれ、一緒にいて危険はないように思う。でもお風呂に入ったりご飯を食べたり、長居されても困ってしまう。人間の男になるのを見たから尚更《なおさら》に。

「どこへ帰れと申すのだ」

「それは勿論、山だよね」

「殺生な。それがしの山などはとっくの昔に、欲深い人間どもによって切り崩されておるというのに」

山、無いの？　名高い山とか言ってなかった？　居場所を奪った人間を恨んでいるのかと思えば、そうでもなさそうで。神様はまるで他人事のようにお腹をぽりぽり掻《か》いている。

私を助けに来たのか何しに来たのかわからないけれど、それを聞いてしまったら追い出すなんて出来ない。そう思ったのは、この神様と同じように私も、それまでの居場所を失ったんだと感じているからだ。やっぱりこの子も迷子なんだ。

「……狭いけど、うちで良ければ泊めてあげるよ……」

広さが決め手だったこのアパートも、山に比べたら檻《おり》みたいなものかもしれない。

「うむ。気にするでない。慣れておる」

どういう意味だろう。

「外から帰ってきたお嬢の方が身体が冷えておるな。先に風呂へ入られよ」

「……はい」

迷子の狸を拾ってきたら人の言葉を喋りだして、何者かと思えば神様だと言いだして。人間になるなんて言うから、てっきり侍だとか忍者だとかになるのかと思えば、白シャツが似合う爽やかな男が現れて。整理が出来ずに随分と散らかってしまった頭を抱えて、一旦落ち着きたかった私はお言葉に甘えることにした。

神様の言う通りお風呂はちゃんと沸いていた。浴室の壁や床、石鹸《せっけん》などを置いている棚がピカピカしていて、シャンプーとリンスの容器の向きがぴったりと正面を向いて揃えられている。

沸かすだけじゃなくて掃除までされている。毎日掃除はしているけれど、徹底的にやるとこうも違うのかと感心しながら、キレイで気持ちのいいお風呂を満喫。凝り固まった部分がふわっと解《ほぐ》れていった。

普通の狸じゃないと知らなかったとはいえ、勝手に連れてきたのは私なのに。ここまでしてもらっちゃって何だか申し訳ないな。

お礼にご馳走《ちそう》しようと、お風呂を出た私はキッチンに立った。肉と野菜を適当に焼いて食べようと思っていたけど、今日は手間をかけて美味しいものを作ろう。

「何がいいか……。なっ……！」

冷蔵庫を開けて愕然《がくぜん》とする。肉が、魚が、野菜が、入れていたはずの食材が消えている。昨夜は大林さんの歓迎会で外食だった。今朝は食欲がなくて何も食べて行かなかった。なのにどうして目の前には調味料しか残っていないの。どうしてマヨネーズだけが極端に減っているの。

「あの、狸さん？」

リビングを振り返る。さっきまでテレビを観《み》ていたはずの神様の姿がそこにない。私はハッとして冷凍庫を開けた。まだ食べていなかった特別なアイスクリームも消えている。

いつの間にか閉じられている仕切りの向こう側。寝室に入るとラグの上で丸くなっている神様がいた。幸せそうに眠っている顔を覗き込んだ時、微《かす》かにバニラの香りがした。ゴミ箱を覗くと、物的証拠も見つけた。

「とんでもない泥棒狸を拾ってしまった」

怒りをたっぷり込めて睨みつける。

「それがし神様でござるんむにゃむにゃ」

神様は口をもぐもぐと動かしながら寝返りを打った。特別な高級アイスクリーム、それと私の二日分の食料が収まったとは信《しん》じ難《がた》い小さなお腹が上下している。パンチでもお見舞いしてやりたい衝動を何とか抑えて、そっとブランケットをかけた。

「この恨みは忘れないからね」

「この味は忘れないでござる」

「待って。寝た振りしてるでしょ？　狸寝入り？」

こうして私と神様の、迷子な同居生活は始まった。

◆

同居二日目。私の食料を食い尽くしておきながら、ケロッとした顔で朝食を出せと言う狸の神様の口に、みかんを突っ込んで家を出た。

今は目の前にある仕事を全うする事だけ考える。そう自分に言い聞かせて実家へ出勤。社長と両親、そして大林さんと一緒にコーヒーを飲んだ。けれど真面《まとも》にみんなの顔が見れない。特に大林さんの顔は。

「キョエちゃん」

社用車に乗り込もうとした私を呼び止めた大林さんが、駆け寄ってくるなり私の手にカイロを握らせる。カイロは大林さんの手のようにじんわりと温かい。

「今日は風が冷たいから。気をつけていってらっしゃい」

「……あ、ありがとうございます。行ってきます……」

カイロを作業服のポケットに入れて、大林さんに見送られながら水族館へ向かう私は妙に緊張していた。昔から、あの優しい微笑には弱い。

うみとも水族館は今月末から、この中庭で新しいイベントを始める。ステージを中心にぐるりと一周するように張ったゲートの中を、ペンギンがよちよちと歩くお散歩ショーだ。まだ立ち入り禁止である中庭はショー開催日と共にお披露目、開放される。それまでに植えた樹木を剪定《せんてい》したり、フレームの土台に合わせて育てているキンメツゲの木をペンギンやイルカの形に整えるトピアリーと、草花を使ったオブジェを作成しなくてはいけない。定期的にお父さんは来るけれど、基本的には管理者である私が一人で作業をする。

日本庭園を得意とする職人が多い中で、装飾庭園を得意とするお父さんの仕事を、私は中学生の頃から手伝ってきた。熟練の技にはまだ程遠いけれど、この中庭を任された時は、それだけ信頼されているのだと感じてホッとした。跡継ぎの道を確実に進んでいるんだと安堵《あんど》していた。

「会社を任せるほどの信頼は、されてないいんだなぁ……」

いけない。いけない。今は目の前の仕事に集中。集中。もし辞めることになったって、会社の信頼だけは守らなくちゃいけない。しっかり手入れしないと。

庭を囲むように植えたイヌツゲの木を丸く刈り込んでいた時だった。複数のペンギンを連れた一人の男が、こちらに向かってやってくる。東京の大学を出て今年からこの水族館に就職したという小宮《こみや》さんだ。

「お疲れ様です坂神さん！　今日はちょっと寒いですね。今って大丈夫ですか？」

「大丈夫ですよ。小宮さんこそ大丈夫ですか？　良かったらこれ使ってください」

外仕事に慣れている私とは違って、小宮さんは寒そうに手をこすり合わせている。見兼ねて大林さんから貰ったカイロを渡した。

「いいんですか？　ありがとうございます！　あったけぇー」

ペンギンを庭に慣らすために度々やってくる小宮さんとは、顔を合わせれば一言二言会話を交わす仲だ。来る時間は把握していたから、ゲート周りは片付けておいた。よちよち歩きのペンギンも可愛いけれど、ペンギンに突かれたり足を踏まれたりして苦戦している小宮さんも可愛い。


仕事を終えた私は、スーパーで買い物をしてから帰宅した。明かりのついたアパートには狸の姿の神様が待っていた。

「おかえり。外から帰ってきたら手を洗って嗽《うがい》もするでござる」

お母さんか。と心の中で突っ込みつつ部屋に入った私は、思わず辺りを見回した。

「今日は部屋を掃除してくれたの？」

最初に気付いたのは窓。私を映しているガラスが鏡のようにピカピカだった。よく見ると床には髪の毛一つ、テレビ周りには埃《ほこり》一つ落ちていない。

「干してた洗濯ものまで畳んでくれてる」

「アイロンもかけたでござる」

「ありがとう。……でも下着は触らないでほしい」

ベッドの上には折り目をきちんとそろえて畳まれているタオルの横に、私の服と下着が置かれている。オスである神様に下着まで見られるのは抵抗がある。

「誰に見せる予定も色気もないパンツを見たところで、それがし何とも思わぬ」

異論はないけれど、なんて可愛くない狸だろうか。

「うむ。ナポリタンだな。では風呂に入ってくるでござる」

買い物袋を覗き込んでから浴室へ向かう神様。その小さな背中を、何も言わずに見送る。突然始まった狸との同居に、狐《きつね》につままれているような感覚がまだ拭えない。

神様のことは勿論誰にも言わなかった。言えるわけがない。かと言ってこのままずっとペット禁止のアパートに置いておくわけにもいかない。大家さんに知られたら追い出されてしまう。神様は人にもなれるけれど、男と住んでいるなんてお父さんに知られたら実家に連れ戻されそう。これからどうすればいいんだろう。仕事も。狸も。

飴色《あめいろ》になった玉ねぎと、焼目のついたピーマンとソーセージにケチャップを加えて、茹《ゆ》でたパスタを入れて絡める。塩コショウで味を調えて粉チーズを振る。出来上がったナポリタンを、リビングダイニングの中央にある座卓テーブルへ運んだところで神様が戻って来た。

鼻歌を歌っている神様は人間の姿だった。私の後ろで勝手に冷蔵庫を開けている。お風呂上がりの牛乳でも飲むつもりだろうかと思えば、何故かマヨネーズを手に座卓に着く。その姿はいつの間にか狸に戻っていた。クッションの上に鎮座して両前足を合わせる。

「うまそうだな。ではご相伴にあずかろう」

「人間用に味付けしてるんだけど、狸のままで食べられる？」

「それがし狸ではない。神様でござる」

いただきます、と前足でフォークを摑《つか》んで、器用に麺を巻いて食べだした。

「うわぁ……」

思わず短い悲鳴を上げた。狸がフォークを使ってパスタを食べる。それよりも奇妙なのは、神様がナポリタンにたっぷりとマヨネーズをかけたことだった。

「何してるの？　私かケチャップに恨みでもあるの？」

「美味い物を更に美味く食す、神様の知恵にござる」

少量であれば酸味が加わって美味しいかもしれないけれど、ナポリタンが白く染まる程の量に愕然とする。とんでもないものを見せられて食欲がごっそりと落ちる。

「うむ。美味いな。お嬢の料理の腕は認めるでござる」

「ほぼマヨネーズしか食べてないのに何を言ってるの」

昨夜の時点で既に少なくなっていたマヨネーズが、あっという間に空っぽになった。


お風呂に入ってパジャマに着替える。神様はいつも狸の姿で眠るようだからパジャマはいらないみたい。でも段々と冷えてきたし、暖かい寝床は必要だろう。

考えた私は古くなったセーターとマフラーを丸めてブランケットで包み、それを大きめな木箱に入れた。実家で見つけた空箱で、道具箱にでもしようと持ち帰ってそのまま仕舞い込んでいた物だった。

「よし！　いい感じに出来た。今日からこのベッドで休んでね」

「何が『よし！』だ。神様をこんな木箱に詰め込むと申すか」

昨日まで雑魚寝していた神様の、そのプライドは何なのか。

「神様のための、高級ヒノキのベッドですよ」

狸でも男でもある神様と一緒にベッドで眠るのだけは避けたい。お願いだからと祈る気持ちで勧める。意外にも神様は「うむ」とすんなり木箱に入った。

「……寝心地はいかがですか？」

「苦しゅうないな。では、おやすみ」

そのまま丸まって、すぐさま寝息を立てだした。

「おやすみ、なさい……」

ホッと撫《な》でおろした胸が、妙に擽《くすぐ》ったい。実家へ出勤すれば「おはよう」と挨拶を交わす。仕事を終えて社に戻れば「おかえり」「ただいま」のやり取りをする。一人暮らしのこの家で、一日を終える夜に「おやすみ」と言われたのは初めてだ。どうしてだろう、落ち着く。相手は妙な狸なのに。

◆

同居三日目。よっぽど寝心地がいいのか、涎《よだれ》を垂らして熟睡している神様に、おにぎりをお供えして家を出た。

事務所の予定表に「街路樹の剪定と草刈り」と書いてある大林さんは既に現場へ向かっていた。社用車に乗り込んですぐ、ハンドル横に「今日も頑張って！　ケン」とメモが付いたハンドクリームが置かれているのに気が付いた。

行く行くは会社を継ぐ大林さんにとって私は大事な部下。気にしてもらえるのは嬉しい反面、申し訳なくて複雑だ。私にとっては将来性の無い会社。このモヤモヤをずっと引きずって働く心の強さを持たない私は、きっとどこかで踏ん切りをつけて辞めてしまうだろうから。退社を決心したわけじゃない。でも優しくされるのは辛《つら》い。

うみとも水族館にはイルカがいる。屋外プールではジャンプや、飼育員さんとじゃれ合う姿を見ることが出来る。大掛かりな仕掛けがある派手なショーとは違うけれど、間近で見られるイルカに喜ぶ来館者の歓声が壁を越えて、中庭で作業をする私の耳にも届く。

ペンギンがよちよち歩くだけのショーに、イルカ同様沢山の人が集まるのかな。決して声には出せない疑問を頭の隅に追いやって、黙々と手を動かした。

休日で賑《にぎ》わっていた水族館も、閉館時間が迫ると静かになる。私も帰ろうと道具を片付け始めたところで、いつもより少ない四羽《わ》のペンギンを連れた小宮さんがやってきた。休日は散歩の練習はしないはずなのに。

「お疲れ様です、坂神さん！　ペンギンの散歩を、まだ明るいうちにカメラで撮って来いって上から言われて。ショーのPR動画をホームページに載せるらしいんです。ゲート入っても大丈夫ですか？」

「どうぞ。私はもう帰るところなので」

「陽が沈む前に撮らないと。……うわ、やべぇ。三脚忘れたっ」

ペンギンを置いて忘れ物を取りには行けないよな。でもペンギンと一緒によちよち取りに行ってたら、戻ってくる頃には日が暮れるかも。ぶつぶつと呟きながら慌てふためいている小宮さん。その横を一度は通り過ぎた私だけれど、本当に困っている様子に踵《きびす》を返《かえ》した。

「……あの、手伝いましょうか？」

アパートに帰りついたところでハッとする。マヨネーズを買い忘れた。

うちには今、とんでもないマヨ神がいる。神は昨夜、我が家のマヨネーズをすっかり使い切ってしまった。私もサラダにはドレッシングよりマヨ派だから、仕事帰りに買っておこうと思っていたのにすっかり忘れていた。

「ただいま」

「おかえり」

玄関に入った途端、男と目が合う。私のエプロンを着けてキッチンに立っている。

「突っ立って何を見ておる。手を洗い、嗽をするでござる」

「う、うん。狸さん、そこで何してるの？」

「それがし神様でござる。見てわからぬか」

人間の神様がリズミカルに振っているフライパンの中で、チャーハンがパラパラと舞っている。醬油《しょうゆ》とごま油の香りが美味しそう。

「料理、出来るんだね」

「神は台所に立たぬ。しかし腹が減ったのでな。致し方ござらん」

掃除に洗濯、そして料理までしてくれるなんて。誕生日にとんでもないものを拾ってしまったと思っていたけれど。私、とんでもなく良い拾いものをしたのかも。

手洗い嗽をした私は、食欲をそそる良い香りにいそいそと取り皿を用意して食卓に着いた。滅多に使わない大皿に、これでもかともりもり盛られたチャーハンが運ばれてくる。向かい合わせに座った神様は、チャーハンの山からほかほかと立ち上る湯気の向こうで、いつの間にか狸の姿になっていた。

「美味しそう。いただきます！」

「待て。これはそれがしのチャーハンでござる。誰が食べて良いと申した」

「え？　私の分ないの？　こんなにあるのに？」

「戯《たわ》けたことを申すな。これはそれがしの一人分でござる」

そう言うと神様は頂上にスプーンを突き立てて、そこからがつがつとチャーハンを食べだした。なんて意地汚い狸だろう。ムッとした私も山の裾からごっそりと取り皿によそって食べる。具はネギと卵とハムだけのシンプルなチャーハンなのに、想像以上に美味しい。

「作ったのはそれがしでござる！　それがしが食すのが道理でござる！」

「作ったのは狸さんでも食材を買ったのは私だから、私にだって食べる権利はある！」

「誰が狸だ。小癪《こしゃく》なまねを！」

「あれ。マヨネーズがある？」

チャーハンの山が崩れてきたところで、神様の手元にマヨネーズがあるのが見えた。こちらも小皿の上にもりもりと山を成している。

「うむ。それがしが作ったのだ」

「マヨネーズまで作れるの？　すごいね」

「これだけは絶対にやらぬでござる！」

「うん。大丈夫。それだけはいらない」

スプーンですくったチャーハンを、マヨにどっぷりディップしている神様の真似《まね》だけは遠慮する。チャーハンはものすごいスピードで、狸の小さな口にどんどん吸い込まれていく。

「ごちそうさまでした。片付けは私がやるよ」

膨れたお腹でごろりと休む神様の、至福に満ちた顔がちょっとだけ可愛い。ご飯も美味しかったし、気分が良かった私は食器を洗いながら、今日の出来事を神様に話していた。

「ほう。これがその動画か」

「勝手に触らないでよ」

テーブルに置いていた私のスマホを、神様が前足で操作している。本当に器用だねと呆《あき》れながら感心してしまう。水族館のホームページには、既に動画がアップされていた。

あれから私は、小宮さんが忘れた三脚の代わりにビデオカメラを構えた。きっとお偉い方達は、お散歩の練習をしているペンギンの可愛い姿をご所望だっただろうに。

私がカメラで収めたのは、小宮さんの言うことをまるで聞かない、いつもの自由奔放なペンギン達の姿だ。

「撮り直す時間が無かったとはいえ、これで本当に大丈夫かなぁ」

ペンギンを可愛く見せるために付けたと思われるポップなメロディが、ペンギンに蹴られている小宮さんを滑稽に見せる演出に一役買っている。

「小宮さん。上の人に怒られないか心配……」

「お嬢は、その小宮とやらが好きなのか」

「ううん。全然タイプじゃないよ、可愛いけど。……って変なこと言わないで」

つい正直に答えてしまった。手伝いを申し出たのは私だし。もっと上手《うま》く撮ってあげたかったなと、責任を感じているだけ。

「お嬢のタイプとは何だ」

そう聞かれて頭に浮かんだのは、大林さんが少年だった頃の、ケンちゃんだった。

「初恋の大林でござるか」

「そ、それは小学生の時の話だから」

「青春する暇があったら仕事を覚えたいと、友人も恋人も作らず庭ばかり造ってきたのだな。恋愛などせずとも、将来は見合いで婿を貰う人生設計が今は崩れ、二十四にもなって色恋話で初恋の少年しか浮かばぬ事態に、今更危機感を抱くとは嘆かわしい」

「……そこまで話した覚えはないよ？」

「顔に書いてあるでござる」

そんなバカなと思いつつ、あまりにも図星だったから両手で顔を覆う。

「因《ちな》みにお嬢は、それがしのタイプではござらん」

「聞いてないから。……ねぇ、神様も恋するの？　タイプがあるの？」

「無くはない。しかしお嬢ではない」

「二回も言わなくていいです」

神様は大きな欠伸《あくび》をすると、てくてく寝床へ移動して木箱の中で丸くなった。

「おやすみなさい」

「うむ。おやすみ」

我が家の家政夫として根付いた神様だけど、このまま主夫になる道だけはどう転んでも無いようで安心した。

◆

同居四日目。朝から床に雑巾をかけだした神様に、邪魔だと追い出されるようにして家を出た。今日も大林さんがカイロをくれたけれど、私はこれをまた小宮さんにあげようと考えていた。きっと上に叱られて落ち込んでいるかもしれない彼を、これで少しでも励まそう。

「坂神さん、昨日はありがとうございました！」

いつものようにペンギンと一緒にやってきた小宮さんは、私の心配を瞬時に吹き飛ばした。

「……何だか嬉しそうですね、小宮さん」

「分かります？　聞いてくださいよ。あの動画なんすけどね、すごく評判がいいんですよ。もう既にSNSでも話題になってて。俺、一夜にしてちょっとした有名人です！」

「……え？」

あれが？　あれで良かったの？　本当に？

「坂神さんのおかげです！」

「い、いえ私は。ただカメラを持ってただけなので。良かったですね」

よくわからないけど、本当に良かった。笑顔が可愛い小宮さんの、落ち込む姿を見ずに済んで。

「今日は写真を撮るんです。あ、ちゃんと三脚は持ってきましたよ。ショーが始まるまでですけど、ブログをやることになったんです」

神様ではないけれど、彼の顔には「やる気満々」と書かれているのが見える。

「ここは地元の人達に愛されていても、来館者数は年々減ってます。この企画で俺はペンギン達と水族館を盛り上げたいんです」

小宮さんの目が一層輝きだす。

「ここをもっと有名にしてやりますよ。それが俺の夢なんで！」

「が、頑張ってください。応援してます……」

夢。目には見えないのに、小宮さんが発する輝きを帯びてキラキラしているその言葉は、どうしてこんなにも私を抉《えぐ》るように動揺させるんだろう。

「小さい頃の話だけど、アイスクリーム屋さんになりたかった」

食卓を一緒に囲む狸の神様は、常に口をもぐもぐさせながら、でもつぶらな目を真っすぐこちらに向けていた。今日も手作りマヨネーズをサラダにかけ、バゲットに塗り、私が作ったクリームシチューに混ぜる。マヨ神の暴走にはもう驚かなくなった私は話を続ける。

「でも子供ながらにわかってたの。代々続く家の一人娘だし。会社を継いでほしいって言われたことはないんだけど、言われるまでもなくそれは私の役目だって」

そう。今思えば社長にも、両親にも、家を継ぐように言われたことは一度もなかった。でも庭師になるのだって勿論、反対されたことは一度もない。これからは女性の職人も活躍する時代だと、私の背中を強く押したのは他でもない社長だった。

「家族を安心させたくて、家を継ごうと決めた。でもいつからか、どうせ継ぐんだからって思うようになって。夢は、見る前に諦めてた」

家を継ぐことは、夢じゃなくて宿命だった。

「思えば私、夢を持ったことがないんだなって。だからかな。本気の目で夢を語る小宮さんを見てると、息が詰まりそうになる」

夢も見ずに突っ走った挙句に迷子になって彷徨《さまよ》っている今の私には、堂々と目標を掲げて行動する小宮さんの輝きが眩《まぶ》し過《す》ぎる。自分の虚《むな》しさがはっきりと影になって現れるから目を背けたくなる。

「とは申せど、ブログは随時チェックしておるのだな」

「……また顔に書いてあるって言うの？」

うむ、と神様が頷く。家に帰ってからはまだ一度もスマホを見ていないのに。神様の言う通りだから何も言い返せない。私は仕事の合間に何度もスマホを手に取り、小宮さんの動画の再生回数やブログのコメント数が増えていくのを確認していた。

「頑張ってる小宮さんを見てると、それに比べて私はって、つい卑屈になる」

自分の分をぺろりと平らげた神様が、私のバゲットを一つくすねていく。

「羨ましかったり妬ましかったりでモヤモヤするんだけど。でも、応援してるって言ったのは嘘じゃないの。その夢が叶《かな》うといいなって思っていて、動画やブログの反応もすごく気になって、反響がいいと嬉しくて。この矛盾は何だろう」

そう話している今でも、小宮さんのブログが更新されていないか気になってしまう。

「きっと、気持ちに踏ん切りがつかないせいだよね」

今の仕事に未来は無いのに、未練だけはあってどこにも進めない。

「ねぇ。神様は私を助けに来たんでしょ。何か助言とかないの？」

「うむ。風呂に入ってまいれ」

ありがたくもない助言をいただいた私は食器を片付けて、今日もきれいなお風呂に入る。お風呂上りにスマホで小宮さんのブログをチェックすると、新しい写真がアップされていた。

正座している小宮さんの膝に、一羽のペンギンが乗っている。「失敗して反省していたら励ましてくれる俺の友達」と書かれている。ペンギンが小宮さんを見下しているように見えるのは何故だろう。既に沢山のコメントが寄せられていて、その多くが小宮さんを応援していた。

「他人と自分を比べる必要などない」

隣から顔を出した神様が、私の手元を覗き込む。

「しかし、必要がなくとも比べてしまうのが人間でござる。ならば素直に羨めば良い。所詮は隠れた心の中のこと。誰に晒《さら》すでもない己の気持ちは、己が認めてやらぬと彷徨うぞ」

希望に満ちた人を前にして、浮き彫りになった私の絶望。それを受け入れられない自分がいるから、いつまでも私はもやもやと行き場を求めて彷徨っているのかもしれない。自分の気持ちは、自分が受け止めるしかないんだ。

羨ましいよ小宮さん。その夢、応援するから頑張って。私は初めていいねボタンを押した。

「私も、頑張ろう」

先は見えなくても、前を向こう。それがきっと私の先になるはずだから。迷子の自分を認めて、受け入れて、そこからようやく私は進むことが出来るような気がした。

◆

同居五日目。ご飯を三杯もお代わりしておいて、朝食が足らないと文句を言う神様に「自分で作れば」と言い放って家を出た。

中庭で作業をしていると、いつもより遅れた時間に小宮さんとペンギン達がやってきた。今日は来館者が多くて、対応に追われていたのだと言う。

「話題のペンギン達を見に来たって人が多くて。『一緒に写真撮ってください』なんて俺、初めて言われましたよ」

照れながらも小宮さんは嬉しそうだ。駐車場には、平日にしてはいつもより多い台数の車が止まっていた。早くも小宮さんとペンギンの人気を目の当たりにして、私の顔にも自然と笑みが浮かぶ。

「そう言えば気になってたんですけど。小宮さんはどうしてコタツくん？」

小宮さんのブログのタイトルは「新人コタツくんの奮闘記」となっている。

「あぁ、それは。……その前に俺も気になってて、聞いていいですか。坂神さんって、キヨエちゃんって呼ばれてますよね？」

一緒にこの庭を造った同僚はみんな、私のことをそう呼んでいる。小宮さんが徐《おもむろ》に名刺を取り出したのを見て、私も普段滅多に使わないから道具箱にしまっているそれを取り出した。

『あー、なるほど！』

名刺を交換した私達は同時に納得した。小宮辰彦《たつひこ》。略してコタツなんだ。

「あれ。小宮さん、広報部って書いてありますね。飼育員ではないんですか？」

「そうなんですよ。今は研修で飼育係に配属されていて、たまたまペンギンが俺に懐いたんでペンギンの係になったんです」

言ったそばから小宮さんは、一羽のペンギンにくちばしで足を突かれた。

「ほらね。仲いいでしょ？」

「いいコンビですね……」

喋ってないで仕事しろ。ペンギンがそう言っているように見えるのは私だけかな。

飼育員じゃないことには驚いたけれど、ペンギン達と夢に向かって邁進《まいしん》する小宮さんを私は心の底から応援したいと思った。お散歩ショー、楽しみにしています。

楽しみがあるっていいな。コンビニに寄ってからアパートへ帰った私は、今夜のお楽しみである新作アイスを冷凍庫へ入れた。そして夕食を作ろうと冷蔵庫を開けて愕然とする。調味料しか入ってない。肉は？　魚は？　野菜はどこに行ったの？　こんなことがつい最近にもあった。

「ねぇ。食べたでしょ」

「うむ。今朝、お嬢が申したではないか。自分で作って食せと」

粘着カーペットクリーナーをラグにコロコロかけながら、神様が平然と答える。

「食い尽くせとは言ってない。晩ご飯どうするの？」

「心配ない。それがしはもう満腹でござる」

「私は空腹だよ。ご飯食べたいよ。何か残ってないかなぁ。食材、食材……」

「何を見ておる」

「……鍋と言う手がありました」

「そ、そっそれがしを鍋にして食うつもりかっ。ええい来るなっ、この罰あたりめ！」

神様はクリーナーを剣のように構えて抗《あらが》う姿勢をとった。顔は恐怖に引きつり、手はプルプルと震えている。懲らしめるには充分、それ以上の反応だった。

「ごめんね冗談。コンビニでお弁当でも買ってくるよ」

「肉まんがいいでござる」

「満腹は黙って」

ブルゾンを羽織ってアパートを出る。夜は冷えるから早く済ませようと自転車に跨った時だった。見覚えのある車が近づいてきて、窓から顔を出した大林さんが私に向かって手を振る。

「お疲れ様です。どうしたんですか？」

意外な訪問者に思わず手を振り返しながら駆け寄った。前を向いた私はもう、大林さんの顔もしっかり見ることが出来る。

「キョエちゃん出掛けるの？　送って行こうか？」

「いえ、ちょっとコンビニまで。冷蔵庫が空っぽで、お弁当でも買おうかなと」

「それなら丁度よかった。おかず作りすぎたから、キョエちゃんに持って行くように言われて来たんだ」

「そんな、言ってくれれば取りに行くのに。ありがとうございます」

なんてタイミングがいいんだろう。大林さんが神に見える。

「キョエちゃん。もし迷惑じゃなかったら少しだけお邪魔してもいいかな。話したいことがあるんだ」

　わざわざ来てくれた人にお茶の一杯も出さず帰すわけにはいかない。車はなくても、会社の車で直帰する時があるから駐車場は借りている。そこへ大林さんを案内する私の脳裏に、ふわっと狸の尻尾が過った。

「あの。大林さん、ちょっとだけ待っててくださいっ」

　外に大林さんを残し、慌てて部屋へ引き返す。

「狸さん！」

「それがし神様でござる。肉まんはどうした」

「それどころじゃないよ。大林さんが来てるの。お願い隠れて！」

「神は逃げも隠れもせんでござる」

「後で一緒に食べようと思ってたアイスクリーム。私の分もあげるからっ！」

　神様は黙って寝室へ引っ込むと、間仕切りをピタリと閉めた。

「お待たせしました。どうぞ」

　男の人をアパートに入れるのは（神様は例外として）初めてだけれど、それよりも神様が出て来ないか心配でドキドキしていた。

淹れたコーヒーをテーブルに置くと、大林さんに促されて向かいに座る。

「大林さん。私に話したいことって何ですか？」

「昔みたいにケンちゃんでいいよ。社長のことなんだ。キヨエちゃんを心配してる」

ケンちゃん、あぁやっぱり違和感があるなぁ。大林さんは「温まるよ」と笑顔でインスタントコーヒーを飲む。

「キヨエちゃんは、家を継ごうと思っていたんじゃないか？」

「…………」

答えなくても顔に出ているのだろう。大林さんは意味ありげに頷いた。

「……社長の意思です。反対する気はありません」

「キヨエちゃんは誰のためにそうしようと思った？」

「それは勿論、家族のためです。私は一人娘ですから」

「この仕事は好き？」

あまりに当たり前に接してきたから仕事という概念すら無かったかもしれない。言われて初めて私は考えた。そして思った通りを口にする。

「やっぱりそこは仕事なので、好き嫌いはありません」

「うん。でもそれはキヨエちゃんの正解であって、社長の正解ではないよ。僕が造園士を目指したのは中学生の時。君のおじいちゃんに憧れて、あんな風に自分もなりたいって思ったんだ。僕はこの仕事が好きだよ。これからも社長の背中を追いかけて、いつかは隣に並んで、さらには追い越すつもりでいる」

子供の頃、お得意様の庭へ行く時に社長はよく私とケンちゃんを連れて行った。社長が庭を手入れしている間、私達はお菓子を貰いながらお客様の話し相手をしていたけれど、ケンちゃんは熱心に庭を見ていた記憶がある。

「社長はキョエちゃんにも、誰のためでもない自分の夢を持ってほしいんだ。本当にやりたいことをしてほしいと願ってる。そりゃ勿論キョエちゃんが継いでくれるなら嬉しいに決まってる。でも大事にしてきた仕事だからこそ引退を決めた。それを孫娘に義務として背負わすようなまねだけはしたくない。社長はそう言ってたよ」

「……それを、どうして本人に言わないんでしょうか」

「そういう人だからね」

困ったように笑う大林さんを前にして、恨み節の一つも言えない私は頷くしかない。

「社員みんなを大事にしている社長だけど、キョエちゃんの話になると急におじいちゃんの顔になるんだ。微笑ましい反面、緊張するよ」

「どうして大林さんが緊張するんですか？」

「そんな師匠の大事な孫娘を、僕は好きになってしまったから」

何を言っているの大林さん？　いつもの優しい笑みを浮かべている顔が、冗談を言っているように見えないから何も言えなくなってしまう。

「キョエちゃんは本当の妹のようで可愛かった。大人になったキョエちゃんを見ても、可愛いと思った。でもそれは妹ではなくて女性として、きれいになったキョエちゃんに対して感じたことなんだ」

作業服にすっぴんという姿で再会した時、大林さんは確かにそんなことを言っていた。お世辞だとばかり思っていたのに。姿勢を正した大林さんに見つめられて、開いているのに気付いた口を慌てて閉じた。

「キョエちゃん。僕と付き合ってほしい。驚かせて申し訳ないけど、真剣だから」

考えてほしい。そう言って大林さんは帰っていった。見送りも出来ずに呆然《ぼうぜん》とする私の脳裏で、初恋のケンちゃんが微笑んでいる。

「冷めてしまうぞ。食わぬのか？」

寝室から顔を出した神様が、大林さんが持ってきてくれたタッパーを開けている。

我が家の食料を絶やしておきながら私のおかずを食べようとしているけれど、今はそれどころじゃなかった。

「良かったではないか。夢も希望も色気もないお嬢が嫁に行けるのだぞ。いや、婿を貰えるのだぞ」

「色気は関係ない。嫁って何。聞いてたんでしょ。あれはプロポーズじゃないから」

「結婚を前提にと、そう大林の顔が申しておったではないか」

「そうなの？　……覗いてたんだね」

「誠実な男だ。見ればわかる。夫婦となり共に家を継ぐ未来が開けたではないか」

左右に分かれた道の真ん中で今も行き止まりにいる私の前に、新たな道が開こうとしていた。

「大林の申し出を断る理由があるのか？」

「それは……。ない、けど……」

大林さんは素敵だし仕事も出来る。私には勿体《もったい》ない人で、身に余る光栄で、断るだなんて恐れ多い。すぐに返事が出来なかったのは驚いていたせいで、決して嫌だったわけじゃない。

もし本当に大林さんと一緒に家が継げるなら、それは会社にとっては最も理想的で、家族もこの上なく喜んでくれるに違いない。

これで、私は迷子から脱出できるかもしれない。

◆

同居六日目の休みは、スーパーへ買い出しに出かけた後、神様とひたすら部屋の掃除をした。手を動かしていないと落ち着かなかった。合間に小宮さんのブログをチェックする。日に日に増えていく応援コメントの数は、自分のことのように嬉しい。

◆

同居七日目。パーカーとデニムパンツとスニーカー。着替え一式をバッグに詰め込み、色気がないとぶつぶつ文句を言う神様を無視して家を出た。緊張しながら出勤した私に、大林さんはいつもの笑顔で接してくれる。

今日は仕事後に、大林さんと二人で食事へ行く約束をしている。まだ返事は出来ていないけれど、心はもう決めていた。

人生に立ち止まり、家に帰れなくなっていたのはほんの数日前。同じ道を、自転車を引きながら大林さんに送ってもらい、私はアパートに帰りついた。

「おかえり。デートはどうだったかと、それがしに聞いて欲しそうな顔でござるな」

「ただいま。話さなくても全部顔に出てるのかな。それでも聞いてくれますか」

倒れ込むようにベッドへ腰かけると、神様はラグの上に座った。

仕事が終わったその足で私と大林さんが向かったのは、おしゃれなレストランなどではなくて、普段着でも入りやすい隣街の居酒屋だった。好物の魚介料理はどれも美味しくて、カジュアルな服装でいつもの微笑を浮かべる大林さんを前に、緊張は少しずつ解れていった。

「初デートにめかし込みもせず、海鮮焼そばを食してきおったな」

「どうして食べた物まで分かるの」

「酒まで飲んでくるとは」

「マヨネーズ飲んでる人に言われたくない」

「せめて色気があれば良いのだが。無い袖は振れぬか」

「色気色気ってしつこいよ。別にデー……食事会は、失敗したわけじゃないから」

初恋の相手が好意を寄せてくれている奇跡のような状況下で、私は楽しい時間を過ごしていたし、大林さんも終始笑顔だった。それなのに今、私の心は泣き出しそうだ。

「大林さんは、私の好みのお店を探してくれた。すっぴんでおしゃれもしない私を可愛いと言ってくれた。告白の返事も、急がなくていいって言ってくれる」

昔と変わらない微笑で、いつでも私を優しく包み込んでくれる。

「たった一回ご飯に行っただけなのに、大林さんは本当に、私の事を真剣に想《おも》ってくれているんだってわかった。……本当は今日、告白の返事をするつもりだったんだ」

私でよければ、よろしくお願いします。そう言うつもりだった。

「でも出来なかった。大林さんは真剣に私のことを考えてくれているのに、私は会社や家族のことしか考えてない。大林さんの本気に対して、私は本当にこれでいいのかなって思ったら、何も言えなかった」

人生の迷子から抜け出すチャンスだとしか考えていなかった私は、罪悪感で居《い》た堪《たま》れない気持ちで帰ってきた。

「この先、どうしていいのか本当に分からない……」

仕事も辞められない。返事も出来ない。どうして私は、こうも迷ってばかりいるんだろう。

「お嬢は迷子でござる」

「嫌って言うほど自覚はしてる」

「子が親からはぐれて迷うように、お嬢は本当の自分からはぐれておるから迷うのだ」

「本当の自分って、何？」

神様は私の問いには答えず、立ち上がるとそのまま寝床へ入って丸くなった。しばらく待ってみたけれど、返って来るのは気持ちよさそうな寝息だけだった。

◆

同居八日目。葉が千切《ちぎ》れ辛《づら》いナギや、葉が小さいアジアンタムの横で、カポックの葉だけが減っている。人間になる度に葉っぱを使う神様に、観葉植物の手入れを命じて家を出た。

笑顔の大林さんに見送られ、心をズキズキさせながら水族館へ向かった私は、小宮さんとペンギンが来る時間を待ち遠しく思いながら作業に取り掛かった。可愛い彼らの和みパワーをお借りして、この痛みを少しでも緩和させたい。

「お疲れ様です、坂神さん」

待ちわびていた時間になって、ペンギン達がやってきた。ところが小宮さんの様子がおかしい。声や表情に、いつもの元気がない。

いよいよ散歩ショーが明日に迫って、緊張しているのかもしれない。ゲートをよちよち歩くペンギン達も、いつもと違う小宮さんに戸惑っているように見える。手を動かしながらもつい、心配で小宮さんを窺《うかが》い見ていたらバッチリと目が合ってしまった。

「あの、坂神さん」

浮かない顔で小宮さんが近づいてくる。あんまりじろじろ見ていたものだから、怒らせてしまったかもしれない。

「ちょっと、聞いてもいいですか？」

「は、はい……」

「ボブの髪にリボンを付けていて、カラフルな服を着ていて、いつも手にチョコレートを持ってる同年代の女の子とか、見たことないですか？」

「え……？　そうですね…………」

そんなお客さんがいただろうか。ここ数日間の記憶を遡る。

「ごめんなさい、わかりません」

「そっすよね。俺の方こそ、変なこと聞いてすいませんでした」

「その女の子が、どうかしたんですか？」

怒っている様子はない。けれど、何やら悩んでいる様子に黙っていられなかった。

「名前も知らないんだけど、よく見かける子で。でも最近見かけないから気になってるんですよ。実は、前に好きだった人に似ていて。見た目は全然違うんですけどね」

好きだったというその人は、東京のコンビニでバイトをしていた時の常連客だったと小宮さんが言う。長い黒髪に紺色のワンピースが似合う清楚《せいそ》な感じの女の子で、毎回コーヒーを買っていたらしい。確かに頭リボンでチョコレートの女の子とは随分と印象が違うような。

「仕事中なのに長話して、すいません。でも話したらちょっと楽になりました！」

そう言って小宮さんは、速足でペンギン達の元へ戻っていく。

明日は中庭のお披露目だ。私も頑張らないと。作業に集中しよう。ホースを手に散水をする。今日もペンギン達は可愛い。

なのにどうしてだろう。私の心は、どうしようもなく揺れ動いて彷徨っている。


家に帰るなり、腹ペコだという神様に急《せ》かされてキッチンに立つ。野菜を切って、魚を焼いて。神様の茶碗《ちゃわん》にご飯をもりもりと盛って食卓に着く。

『いただきます』

しっかりと合わせた前足。どういう仕組みなのかさっぱりわからない、きれいな箸の持ち方。今日も手作りマヨネーズをおかずに夕飯を食べる神様に、私は小宮さんの話をしていた。

「やっぱりあれは、恋の悩みだよね」

なかなか進まない箸で焼き魚をつつきながら、元気がなかった小宮さんを思い出す。

「何とかしてあげたいけれど。気になる女の子には全く心当たりがないし……」

「何とかせねばならぬのは、お嬢の方であろう」

神様は器用に小骨を取り除きながら、マヨに染まった魚をぺろりと平らげた。

「人の心配をしている場合じゃないのは、わかってる」

「お嬢はわかっておらん。小宮が好きだと認めぬから、いつまでも彷徨っておるではないか」

何を言ってるの狸さん？　ただでさえ食欲がない箸が止まる。

「私が、小宮さんを？　そんなわけないよ。将来が不安で、大林さんのことだってわからなくて。誰かを好きになるなんて、そんな余裕が今の私にあるわけがない」

「ブログを見ている顔には出ておったぞ。声に出さぬとわからぬなら、小宮が好きだとその口で申してみるでござる」

そんなまさか。納得はいかないけれど、騙《だま》されたつもりで口を開いた。

「私は、小宮さんのことが好きです……」

自分の発した言葉が、反発もなく静かに身体の中へ染み入っていく。不思議な感覚にしばらく気を取られていた私は、否定する言葉が浮かばない頭をぶんぶんと左右に振った。

「だって私には大林さんが……。それに小宮さんには好きな人だって……」

「いつまで左右を見ておるつもりだ。道など切り開けば目の前にいくらでもある。自分を知って受け入れなければ、手を上げて進むことも出来ぬでござる」

ぽっこりと膨らんだお腹を抱えて立ち上がった神様は、畳んで置いていたバスタオルを頭に乗せた。そして何故か、尻尾で私の膝を撫でるようにしてから浴室へ入っていく。

見ると膝の上にハンカチが置かれていた。そこにポタリと雫《しずく》が落ちた時、自分が泣いていることに気が付いた。

自分を知って受け入れる。はぐれている自分を見つけて、その手を恐る恐る引き寄せた私は、何故か止まらない涙をしばらく流し続けていた。

神様はその日、随分と長風呂だった。

◆

同居九日目。眠っている神様の、温かい背中をこっそり撫でて家を出た。出社する前に話したいと連絡をした大林さんは、実家の自室で私を待ってくれていた。

他に気になる人がいます。正直に打ち明けた私に、大林さんはいつもの笑顔で頷いて「キョエちゃんの恋がうまくいくように願ってる」と言ってくれた。文句の一つでも言われた方が楽かもしれない。大林さんの優しさは胸に痛くて、絞り出すように「ごめんなさい」を口にした。

初恋の人を振ってしまった。小宮さんのことは諦めようと決めている。会社を辞める決心もついた。今日の仕事を終えたら、社長に話そう。別の道を開いて、ここではない何処かへ進もう。

うみとも水族館の駐車場には、開館前から沢山の車が並んでいた。他県から来ている人も少なくはない。午前中は、関係者のみで行われる中庭のお披露目会に参加した。

正午になると開放された中庭には、沢山の人達がやってくる。ステージ前と、ペンギン達が通るゲート周りでは、場所取りが始まって賑やかになった。そして迎えた午後一時。新人コタツ君とペンギン達のお散歩ショーが始まると、私は少し離れた場所から見守る。成功を祈って握りしめる両手に、うっすらと汗をかいていた。

さぞかし緊張しているだろうと思えば、小宮さんは堂々とステージに立って挨拶をしている。「コタツ君、頑張れー！」と観客から声援を受けて、手を振る余裕まである。ペンギン達も胸を張ってペタペタとステージ上を行進。小宮さんの誘導でゲートへ移動する。ここまでは順調。

でもやっぱりペンギン達は日頃の自由力を発揮し始め、小宮さんは全く言うことを聞かないペンギン達に、いつものように振り回されて悪戦苦闘する。ペンギンに足を踏まれたり突かれる度に観客から笑いが起きる。それでも可愛い笑顔を絶やさない小宮さんは、何とかペンギン達を歩かせてゲート一周のお散歩を成功させた。

閉館時間が過ぎて、誰もいなくなった中庭の状態をチェックし終えた。後は会社に戻って、社長に辞める旨を伝えるだけ。何を言われるのか、見当がつかなくて怖いけれど、自分のために決めたことだからきっとわかってもらえるはず。

「坂神さーん！」

帰り支度をしていた手が止まる。振り返ると、小宮さんが手を振りながらこちらに駆け寄ってくる。

「小宮さん。お散歩ショー、大成功でしたね」

ドタバタしていたけれど、それが大好評だった。早くもSNSでは話題になっているし、今日までの予定だったブログも続行を望む声が多い。あれは小宮さんにしか出来ない、素晴らしいペンギンショーだった。

「見てくれましたか？　明日もあるんで頑張ります！」

可愛い笑顔を前に、思わず胸に手を当てた。手の届かない場所がドキドキと小さく暴れている。仕事を辞めて会えなくなれば、この気持ちは次第に消えていくだろうか。

「この場所も、すごく評判がいいですよ。みんな寒いのにここで休憩してて。あれなんか、写真を撮るのに長蛇の列が出来てたし」

そう言って小宮さんが指差したのは、うみとも水族館の名前と日付が書かれた、記念撮影用のオブジェ。草花やトピアリーを使って私が一から作成した。

「素敵な中庭が出来て嬉しいって、お客さんもスタッフも言ってましたよ。俺も好きです、この庭。大事にしますね！」

「……ありがとう、ございます」

私はただ、与えられた仕事をしただけ。

「あの。聞いてもいいですか？　小宮さんは、どうしてこの仕事を？」

飼育員でもない彼が、ここまで頑張れるその原動力が知りたかった。私の質問に小宮さんは、照れくさそうに頭を掻いてから答える。

「遊園地のレストランでコックをしてる兄ちゃんがいるんですけどね。めちゃくちゃ美味い料理作って、みんなを笑顔にするんです。かっこよくないですか。で、俺も誰かに喜んでもらえる仕事がしたいなって」

そんな考えと縁があって、うみとも水族館に就職出来たと言う。

「ショーを見に来てた人達、みんな喜んでましたね」

「ペンギンの世話なんて最初は無理だって思ったんですよ。でも今は自信を持って人前に立てます。こんなすごい庭を作る坂神さんこそ、どうなんですか？」

会社の看板を背負うつもりで必死に作ってきた庭を、私は改めてぐるりと見回した。

「私は……造園業の家に生まれたので、当たり前のように庭師になりました」

明確な理由なんてなかった。あったのは、一人娘だという自覚だけ。

「ただ家族のために、何より自分のために、私は庭を造ってきました。仕事は好きかと聞かれても、仕事は仕事だからとしか答えられなくて」

思い通りに行かないことは沢山あったし、その逆もあったけれど、仕事の一言で片付けられるそれらは辛いとも楽しいとも、何とも思わず気に留《と》めることもなかった。

「でも。私も、誰かに喜んでもらえるこの仕事が……今は好きだって思います」

この庭で写真を撮っているお客さんや、喜んでいるスタッフを想像した私は、内側に収まり切れない感情が顔に出てしまうほど嬉しく思った。小宮さんが、好きだと言ってくれる庭を造ることが出来て、初めて庭師になって良かったと心から思った。

私は、この仕事が好き。

ついさっきまで仕事を辞めようとしていたのに。それでも自分の口から出たその言葉は一滴の嘘も混ざらず純然で、自分でも驚くほど透明で。これが私の、本当の気持ちなんだってわかる。

辞めたくない。仕事も、小宮さんを好きになることも。ちょっと遠回りをしたけれど、やっと見つけた。これが、私の本音なんだ。

「ペンギンと俺のショーも、坂神さんが作った庭も、大好評で大成功ってことで」

ウィンドブレーカーの両ポケットから缶コーヒーを二つ取り出した小宮さんが、一つを私に差し出した。受け取った手に広がる熱が、心の内側まで伝わっていく。

『乾杯！』

互いの缶を当てた瞬間の、小宮さんの笑顔を見て思った。やっぱり私は、この人が好きなんだ。庭師をしている自分のことも。

自分を知って受け入れる。それが出来ないから私は迷子。神様が言っていた言葉の意味が、この時ようやくわかった。あんなにも揺れ動いて彷徨っていた心が、あるべき場所に収まったみたいに落ち着いている。

跡継ぎじゃなくてもいい。私はまた誰かに「好き」と言ってもらえるようなものを作りたい。そんな自分を受け入れて、もっと腕を上げてみんなに喜ばれる仕事をしようと決めた。これは、私が人生で初めて持った夢。

この恋はきっと失恋に終わる。他に好きな人がいるのはわかっている。それでも諦めることを望んでない私はそんな自分を受け入れて、いつか小宮さんに想いを伝えようと決めた。これは、私が掲げた人生で最大の目標。

約束された未来も上手くいく保証もない。挫《くじ》けそうになった時は今日の決心と、小宮さんと一緒に飲む、このコーヒーの味を思い出そう。

天の神様じゃないけれど、山から下りてきた狸の神様の言う通り。誰のためでもない自分の道を切り開いて歩き出した私は、もう迷子なんかじゃない。

褒美の神様

将来は新幹線の運転手になりたい。子供の頃、確か作文にそんなことを書いた。家族と旅行中に見かけた、カッコいい制服を着た運転手に憧れて。

大人になった俺は今、ウェットスーツを着てペンギン小屋の掃除をしている。

「コタツ君。そこ終わったら冷凍庫のアジ取ってきて」

「はい！」

通りすがりに指示を出してバックヤードへ入っていく男は、指導係の井辺《いべ》さん。ここ、うみとも水族館でペンギンやオットセイを担当している飼育スタッフだ。コタツと言うのは俺の名前、小宮辰彦を略したニックネームで昔から呼ばれているけど、今では水族館内外でも通用している。

オリンピックで金メダル。バンドを組んでメジャーデビュー。幾度となく人生設計を変更してきた俺が今、憧れているのは兄ちゃんだ。

七つ上の兄ちゃんは東京の遊園地内にあるレストランでシェフをしている。遊園地のお目当てと言えばやっぱりアトラクションだが、食べた料理もお客さんの思い出の一つになるようにと励んでいる。俺も兄ちゃんみたいに、誰かの思い出作りを手伝える仕事がしたい。そんなことを考えていた矢先に、友人から紹介されてこの水族館に来たわけだけど、俺の職業は飼育員じゃない。

広報部（と言っても上司と俺の二人しかいない）に属した俺は、研修と称して人手が足りていない飼育スタッフの手伝いをすることになって五カ月目になる。きれいな熱帯魚とか人気のイルカなんかが希望だった俺は、何故かペンギンにモテることが発覚。井辺さんに「向いている」と才能を見出《みいだ》されてペンギン担当になった。

みんなペンギンを見て「可愛い！」とか言ってるけど、よく見ると嘴《くちばし》や目つきが鋭くて怖い。そもそも生き物を、ど素人の俺が扱うってのが怖い。慣れないうちは失敗も多くて不安だらけ。『彼女』を見かけるようになったのは、そんな日々が続いていた時だった。

最初は駅前の大通りだった。原宿が似合いそうなカラフルなファッションで、チョコクレープを食べながら歩いていた彼女はとにかく目立っていた。一目見て俺は『あの人』に似ていると思った。

バイトしてたコンビニの常連客だったあの人に恋をした俺は、それまで引きずっていた過去の失恋を断ち切ることが出来た。結局、想いを伝えられずに終わったあの人と彼女は、見た目こそまるで違うんだけど、目には見えない纏《まと》っている雰囲気みたいなものが同じだと感じた。

偶然だろうが彼女はいつも、疲れていたり元気がなかったりする俺の前に現れた。

チョコレートを食べながら歩いている彼女は、決して速足ではないのに何故かすぐ見失ってしまう。そして何故か、彼女を見かけると俺は「頑張ろう！」と前向きな気持ちになれた。気が付けば俺の中で、彼女は四葉のクローバーみたいな、見つけたらラッキー的な存在になっていた。

「さぁ、もう入っていいぞー。ヒマワリだな。また俺の足を踏んでるのは」

掃除が終わった小屋にペンギン達を戻して早速、一羽のペンギンが俺にじゃれついてきた。ここにいるペンギンにはそれぞれ、花の名前が付けられている。

「今日もモテモテだねぇコタツ君」

「モテる男はつらいっすよ」

他のスタッフは笑っているけど、やられるこっちは身動きが取りづらくて困る。特にこのケープペンギンのヒマワリは、すぐに俺の足に乗っかろうとしてくる。初日でこれをやられた時はマジでビビった。

健康管理のために個体を識別する必要があるペンギンには、翼部分に色や番号が書かれたフリッパーバンドが付いている。飼育スタッフはバンドを見なくても、どれが誰だか分かるらしい。いつも隅っこにいたり、俺の足に乗ったり、誰よりも餌を食べたり。よく観察していると顔や体型、性格にも個性があって、俺もようやく最近になって数羽だけ見分けがつくようになった。

「アジ取ってきます！」

小屋を離れた途端にそっぽを向かれる。このツンデレなペンギン達が今、イルカをしのぐ人気者になっている。

きっかけは、新しく始めるペンギンショーのPRで撮った動画。ショーと言っても散歩するだけなんだけど、練習している様子をネットに上げると想像以上に反響があった。ブログを始めると忽《たちま》ちフォロワーが増えて、それと並行するように来館者数も増加した。

「コタツ君、これが終わったら今日はもういいよ」

「わかりました！」

井辺さんと二人でペンギンの夕飯の準備をしながら頷く。俺の仕事は主に調餌と掃除。それから散歩ショーの訓練と、本番まで任されている。最初は怖かったペンギンともすっかり仲良くなって、不安だった仕事にも慣れてきた。肩を落として帰宅する日々がなくなると、あの原宿系の彼女を見かけることもなくなってしまった。

ウェットスーツから私服に着替え、自分のデスクがある事務室で日報を書いていると、スーツの上からスタッフジャンパーを着た男がやってきた。

「お疲れコタツ君。散歩ショー、順調だな」

「お疲れ様です、神木《かみき》さん！」

神木さんは、ここを紹介してくれた友人の神木ちゃんのお兄さんで、俺の直属の上司だ。ペンギンの散歩ショーが始まって十日目の今日も、平日にも拘《かかわ》らず沢山の来館者が来てくれた。開催日までの約束だった俺のスタッフブログも、続きを望むお客さんの声に延長が決まって今も書いている。

「でも、そろそろ戻ってきてもらわないとな。研修はあと一カ月で終わりだ」

「……はい」

飼育員の仕事が楽しくなってきた俺は、いつか来るこの日をどこかで恐れていた。広報部に戻りたくないわけじゃない。ペンギン達と離れるのがシンプルに寂しい。

「神木さん、今日はもう帰るんですか？」

退勤にはまだ早い時間なのに、スタッフジャンパーを脱いで帰り支度をしている。

「あぁ。これから妹と飯行くんだよ」

「神木ちゃん、今こっちに来てるんですよね。聞いてますよ」

「そういや二人は友達だったたな。良かったらコタツ君も一緒に来ないか？」

「え、良いんですか？　行きます！」

「もう一人、妹の連れがいるんだが。コタツ君は人見知りしないから大丈夫だよな」

「はい！　谷城《やしろ》ですよね。俺の兄なんで全然問題ないです！」

「……ん？　今なんて言った？」

「神木ちゃんと付き合ってるの、俺の兄なんです。てっきり聞いてるもんだと思ってましたけど」

「聞いてないな」

「俺達、苗字《みょうじ》も違うし似てもいないんですけど。れっきとした兄弟なんですよ」

「……そうか」

「兄ちゃんは普段、仮面って呼ばれるくらい表情が硬くて。でも神木ちゃんと一緒にいると良い顔するんすよ」

「そうか」

「見てるこっちまで幸せになりますよ！　ちょっと待っててくださいね、これすぐ終わらせるんで！」

「わかった。やっぱりお前は来るな」

「え――!?」

いつもは優しい神木さんの顔から笑顔が消える。そのまま俺に背を向けて帰ってしまった。

「はぁ。寂しいなぁ」

夜道を歩く俺の独り言を、冷たい風が攫《さら》っていく。ペンギン担当になって、俺はこの手で、自分が初めて企画した散歩ショーで水族館を盛り上げるという夢が出来た。PR動画の撮影を手伝ってもらった、中庭の管理をしている庭師の坂神さんとも仲良くなれた。

なのにペンギンと一緒に仕事が出来るのはあと一カ月。貴重な経験が出来たわけだけど、ペンギンと仲良くなり過ぎたのかもしれない。別れを思うと今からめちゃくちゃ寂しい。それに……。

寂しさに輪をかけているのは、坂神さんだ。ショーの初日は、坂神さんが手がけた中庭のお披露目会もあった。ショーも中庭も大好評で、俺達二人はコーヒーを飲みながら成功を祝い合った。

なのにその日以降、目が合うと逸らされ、隣に立つと一歩距離を置かれ、何故だか急に彼女の態度が余所余所《よそよそ》しくなってしまった。

神木さんにも急に冷たくされて、一人で帰る俺の心は寂しさで凍えて風邪でもひきそうだ。人恋しくなって周りを見ても、誰もいない。

「あの、すいません」

と、思ったら一人いた。ふいに声を掛けられて振り返った先に、スーツ姿の男がいた。

「この辺で、美味い店があったら教えてもらえませんか？」

男は東京から来たと言う。兄や神木ちゃんと一緒だ。そんな偶然や、彼の親しみやすさから諾了した俺は、和歌山ラーメンが食べたいと言う男に店を教えた。

「方向が一緒なんで、途中まで案内しますよ」

「助かります」と笑った男は、両頬にくっきりと浮かぶ靨《えくぼ》が印象的だった。

二人で歩き出して間もなく、俺達はどちらからともなく足を止めた。

「なんか、ものすごく美味そうな匂いがしませんか？」

「しますね。……あっ。あれじゃないですか？」

俺が指差したのは人気のない空き地。そこに一軒の屋台がひっそりと明かりを灯しているのが見えた。

「蕎麦屋か。美味そうだなぁ。すいませんオレ、ここでいいです」

「こんな所に屋台があるなんて知らなかった。俺も、蕎麦が食べたくなってきました」

「良かったら一緒に食べませんか？」

「はい！」

男と俺の足は、吸い込まれるように屋台へ向かう。「そば」と書かれた暖簾《のれん》の向こうには、一人の強面《こわもて》なおじさんがいた。

「……………あのぉ。どこかで会ったこと、ありませんか？」

おじさんの正面に立った男が、おずおずと尋ねる。

「さぁ。どこにでもいるような顔なんでね」

他人の空似だろうか。男の問いに素っ気なく答える、愛想のないおじさん。店のメニューは掛け蕎麦のみ。でもそれは文句のつけようがなく美味かった。中華そばの予定が蕎麦に変わった男も、おかわりをして満足そうだ。

「あのペンギン動画の人か！　見たことあるよ。成程、名前を略してコタツ君。面白いね。実はさ、オレも同じシステムでミヤダイって呼ばれてるんだ」

食後におじさんが淹れてくれたお茶を飲みながら、俺達は名刺交換をした。宮島大吉《みやじまだいき》、略してミヤダイさんは全国チェーン居酒屋の本社勤めで、こっちに出来た新店舗の視察に来ているらしい。

店を出た後、居酒屋の特別割引券とお菓子をくれたミヤダイさんは「今度は妻と子供も連れて水族館へ遊びに行くよ」と約束をしてくれた。


初対面とは思えない親近感があったミヤダイさんとは駅前で別れた。すると紛れていた寂しさが一気に戻ってくる。あの原宿ラッキー女子をまた見かけることが出来れば、少しは元気になれる気がするんだけどな。駅周辺をしばらくうろついてみてもその姿は拝めず、俺は諦めて電車に乗った。

一駅で降りて徒歩数分のところにある、木造二階建ての借家が俺の家だ。二階部分は大家さんの倉庫になっていて、俺の居住スペースは一階のみ。だから破格の家賃で住めている。和室二間あれば、一人暮らしには十分だ。

働くようになってから、一日の終わりには頑張った自分へのご褒美として、大好きな焼酎のソーダ割りを飲む習慣が付いた。

グラスに氷と焼酎を入れたらかき混ぜて馴染ませる。そこへ、炭酸が飛ばないようによく冷えたソーダを注ぐ。いつものようにソーダ割りを作って居間に落ち着いた。

今日は星がきれいに出ている。こんな夜は、きっと何処かで誰かが見上げているだろう夜空を、俺も眺めながら飲もう。手を伸ばしてカーテンを引く。ガラス越しに星を眺めていた時だった。

庭の方で動く影に気付いて、視線を下ろす。それはゆっくりと俺に近づいてきた。野良猫か。まだ小さい、子猫だな。窓を開けて「おいで」と伸ばした手に前足が触れた。

「わぁ可愛いネ…………コじゃない！」

居間から漏れる明かりに照らされて、姿を現したのはビーバーだった。

水族館から脱走した。真っ先に脳裏に浮かんだのはそれだった。保護しようと慌てて家の中へ入れる。それから気が付いた。うみとも水族館に、ビーバーいないじゃん。

「……お前、いったいどこから来たんだ？」

「お前ではありんせん。わちきは神様でありんす」

ビーバーはくりくりした黒目でまっすぐ俺を見つめ返した。

「は？　女の子の声がした。誰かいる？」

辺りを見回しても、誰もいない。

「ここには、わちきらしかおりんせん」

「嘘だろ。ビーバーが喋ってるの？　その喋り方は何？」

「一度で覚えておくんなんし。わちきは神様でありんす。大きな桃が流れんしたことで有名な川の神様でありんす」

「酔ったのかな？　いや俺まだ飲んでない。桃が流れた川って、あの太郎しか思い浮かばないんだけど？　神様とかわけわかんないんだけど？」

「月見の座でありんす。ちぃとばかり物言わんでおくんなんし」

「月見って。そんなつもりは」

「明媚《めいび》な月夜に酒が出ておいでなのに、これを月見と言わずして何とするので？」

「何とするなら頑張った一日のご褒美だけどって何勝手に飲んでんの？」

窓際に座ったビーバーは、抱えたグラスを傾けて俺のソーダ割りをぐびぐびと飲んでいる。

「酒肴《しゅこう》はないので？」

「つまみのこと？　今日は外で食べてきたから何もなくて。お菓子ならあるよ」

ミヤダイさんから貰ったお菓子を出す。自社オリジナルだと言うチョコレートが塗られた煎餅は、家族が喜ぶお土産として居酒屋客に人気があるらしい。

「いや俺、なに接待してんの？　何なの。何しに来たの？」

「はて。主に呼ばれたような気がして参りんしたが」

「それ気のせい。俺呼んでない」

首を横に振る。普段ペンギンに話しかけているせいか、動物に話しかけるのに躊《ちゅう》躇《ちょ》はない。だけど動物に話しかけられると不快感で鳥肌が立つ。普通に怖い。ビーバーが酒飲んで煎餅食ってるのも怖い。

「おや。主には気になる女がいるようで」

俺に向けた鼻をひくひくと動かしてビーバーが言った。甘い匂いが、見掛ける度にチョコレートを食べていた原宿ラッキー女子を思い起こさせる。

「関係ないだろ。もうそれ飲んだら川に帰ってくれよ」

「川はとうの昔に埋められんした」

「そ、そうなの？」

「酒がなくなりんした。帰りんしょう」

「早っ」

あっという間にグラスは空になった。その小さな腹の、一体どこに流し込んだのか。ひと袋あったお菓子も、いつの間にか全部なくなっている。

呆然とする俺を余所に、立ち上がったビーバーは窓を開けた。そして「また明日」と言い残して庭に出ると、そのまま何処かへ行ってしまった。

窓を閉めた俺はすぐさま鍵をかけた。

「…………また明日って？」

◆

ペンギンに餌をやる時間。油断していたら手を思い切り突かれた。

「いっ！」

水でふやけている手は切れやすい。食べた量を一羽一羽チェックしている井辺さんが顔を上げる。

「どうしたコタツ君。ぼうっとしちゃって、考え事？」

「すいません」

このペンギン達が喋り出したら嫌だなぁとか考えてました。なんて言えない。

外の空気でも吸おうと、休憩時間を使って中庭へ出た。散水をしている坂神さんを見つけて「お疲れ様です！」と声を掛ける。

「小宮さん。手、怪我してますよ。大丈夫ですか？」

急に距離を感じるようになった坂神さんだけど、嫌われているようには感じない。今もこうして僕の怪我に気付いて心配してくれている。絆創膏《ばんそうこう》まで差し出してくれる。

「ありがとうございます！　仕事中は貼れないんで、後で使いますね」

剝がれた絆創膏をペンギンが誤飲してしまう恐れがあるから、勤務中は使えない。でも坂神さんの気持ちが嬉しくて、俺は絆創膏を受け取った。血は止まってるけど、仕事が終わったら速攻で使おう。

「足、水セッタで寒そうですね。あ、ビーチサンダルのことです」

やっぱり今日も目が合った途端に下を向いてしまう坂神さんが、俺の足元に目を止めた。ずっと長靴を履いていると蒸れるから、休憩中は足を解放するようにしている。

「わかりますよ。実家はこっちなんで、俺もビーサンをそう呼んでました」

「そうなんですか？　てっきり東京の人だとばかり思ってました」

さりげなく一歩後ずさって俺から離れた坂神さんは、それでも変わらずこうして接してくれる。そのまま数分会話をして、そろそろ戻ろうとした時だった。

「あの、小宮さん。私、今日は直帰なんです。もし良かったら……ご飯に、行きませんか？」

せっかく友達になれた坂神さんと一度ゆっくり話してみたかった俺は、いつかご飯に誘えたらと思っていた。その矢先に余所余所しくなってしまった坂神さんの方から、まさか誘ってもらえるなんて。嬉しい。あぁでも今日は……。

「今日は先約があるんで、すいません！」

「いえいえ！　私の方こそ、急にごめんなさい」

今日は東京へ戻る兄ちゃんと神木ちゃんを、駅で見送る約束をしている。飯には行きたいけど、坂神さんにはいつでも会えるわけだし。

それに、もう一つ。俺には気がかりなことがあった。神を名乗るあのビーバーだ。また来るようなことを言っていたけど、本当に来るような気がしてならない。ビーバーは木を齧《かじ》る。留守にしていたら俺の木造の家は危ないんじゃないだろうか。そんな考えが頭を過っていた。


仕事が終わると、駅まで車に乗せてくれた神木さんと一緒に二人を見送った俺は、嫌な予感がしてすぐに家へ帰った。齧られた形跡がない家を見てやっと安心する。

「考えすぎだよな」

あんな化け物に連日来られたらたまったものじゃない。忘れることにして、兄ちゃんが作ってくれた弁当を広げた。箸を持つ手には、坂神さんがくれた絆創膏が貼ってある。飯に行けなかったのは残念だけど、今度は俺から誘ってみよう。

「うまっ！　やっぱ兄ちゃんの料理は最っ高！」

箸が止まらなくて、実家のタッパーに詰め込まれたおかずをあっという間に食べてしまった。兄ちゃんが初めて俺に作ってくれたのも弁当だったたな。子供の頃の思い出に浸りながらタッパーを洗って、いつものソーダ割りを作る。

居間の定位置に腰を下ろして、一日のご褒美を飲もうとした時。カーテンの向こうで動いている影を見つけて嫌な予感がぶり返した。

予感は的中して、カーテンを引いた窓の向こうにビーバーが立っていた。前足を横に振る動作を繰り返している。多分「窓を開けろ」と言っている。

見なかったことにしてカーテンを閉めようとしたら、何かがキラリと光った。ビーバーが前歯を剥《む》き出《だ》している。多分「家を齧るぞ」と言っている。

「何だよわかったよ！　全然わからないけど！」

ビーバーの正体はわからないけど、危機的状況なのは理解した。家を齧られるのは困る。仕方なく俺は窓を開けた。ビーバーはするりと中へ入ってくる。

「俺に何の用かな、ビーバーちゃん？」

「わちきは神様でありんす」

「……何の用ですか神様？」

「今宵《こよい》も酒の席に招かれ参りんした」

「いや、ここ御座敷《おざしき》じゃないからね。呼んでないし勝手に飲まないでよ」

俺のグラスを抱えたビーバーは、制止も聞かずに飲みだした。

「主が気にしている女とは、どのようなお人なので？」

ビーバーがすんすんと、俺の手の絆創膏を嗅いでいる。

「別にそんな人は……」

「木の匂いがするでありんす」

「何その鼻。警察犬みたいだな。これをくれた人は庭師だよ」

「彼女なので？」

「違うよ友達。……最近ちょっと様子が変なんだけど」

友人だと認識しているのは俺だけかもしれない。そう思っていたから今日のことは、本当に嬉しかった。

「変な女には気をつけなんし」

「あんたに言われたくないよ」

ビーバーはテーブルに置いていた、神木ちゃんから貰った土産のお菓子をいつの間にか食べている。あの原宿ラッキー女子が脳裏に浮かんだのは、ビーバーが齧っているチョコサンドクッキーの甘い香りのせいだ。あの子は今、どこにいるんだろう。

「それにしても主は水臭い」

「そんな親しい関係になった覚えはないって。俺が誰を気にしようが関係ないだろ」

「こんな季節に、水浴びでもしておいでなので？」

「え？　もしかして水の匂いがするって言ってる？　どんだけ鼻がいいんだよ。仕事上、水には毎日触れてて、たまに塩臭いなって思う時もあるけど」

「主は水臭いでありんす」

「もうやめてその言い方」

ビーバーは俺のソーダ割りを飲み続けている。動物に酒を飲ませるのは良くないけど、自分は神だと言う動物なんていないから、これはきっと例外だ。一日のご褒美を横取りされているのに、俺はどうかしていたのかもしれない。いつの間にか警戒心を解いて、一緒に仕事をするペンギン達の可愛さについてビーバーに語っていた。

そして酒と菓子が無くなると、ビーバーは開けた窓から外へ出ていった。今日も「また明日」と言い残して。

◆

　一人暮らしを始めた頃は、兄ちゃんを見習って自炊をしていた。早々に諦めてコンビニに頼っているのは、料理をする度に怪我や火傷《やけど》をする不器用さから自分を守るための自衛だと思っている。

　レトルト食品で夕飯を済ませて、いつものようにソーダ割りを作って居間に座る。すると庭にビーバーの神様が現れる。

「マジで来るじゃん」

　そんな気はしていたから、カーテンと窓の鍵は開けていた。

　ビーバーは今日も俺のご褒美を横取りする。平たい尻尾でグラスを支えながら、ペンギン型のチョコレートを頬張っている。一緒に出したチーズとナッツには全く手を出さない。

「形は不細工でも、味は美味でありんす」

　神様用に用意していた、小皿に入ったソーダ割りを俺は一口で飲み干した。

「水族館の土産コーナーに出す、新商品の試作品なんだ。友達にあげたかったんだけど、出来なかったから持ち帰ってきた」

卵のように丸くデフォルメされたペンギンは、とても散歩が出来る体型ではないものの味は良かった。折角の誘いを断ってしまったお詫《わ》びに、俺はこのチョコレートを坂神さんにあげるつもりでいた。

「どうしてあげられなかったので？　わけを聞かせなんし」

どうしてって。俺の方こそ、神様が連日ここへ来るわけを聞かせてほしいよ。俺はナッツを齧りながら頭を掻いた。

ペンギンショーは天候が良ければ毎日開催している。晴れた今日も、ペンギンを連れて散歩会場の中庭へ出た。ところがいつもそこにいる坂神さんの姿がない。代わりに一人の背の高い男が作業をしていた。

初めて見る顔の男は、坂神さんと同じ作業服を着ていた。気になって休憩時間にもう一度中庭に出た俺は、道具を片付けて帰ろうとしていた男に声を掛けた。

「お疲れ様です。初めまして、ですよね。小宮です。坂神さんは、今日は休みですか？」

「大林です。初めまして。坂神は怪我をしまして、休みを頂いております」

「そうなんですか！　大丈夫なんですか？」

「足を少し挫いただけで大したことはありませんが、念のため。その間、僕が管理を担当しますのでよろしくお願いします」

男の優しい微笑につられてつい笑顔になる俺は、しかし坂神さんのことが心配で仕方なかった。昨日会った時は元気だったから、怪我をしたのはその後だ。

「話題のコタツ君にお会いできて嬉しいですよ」

「ど、どうも……」

坂神さんは自宅にいるのか。足を怪我して、生活に不自由はしていないのか。お見舞いには行ってもいいのか。どのくらいで復帰できるのか。聞く暇もなく男は道具を纏めると、にこやかに中庭を去っていった。


「庭師の男が大丈夫だと、申したのでありんしょう？」

「そうだね。そう言ってた」

訳を聞かせろと言った割には、相槌《あいづち》を打つでもない神様の態度は素っ気ない。けど話はちゃんと聞いてたみたいだ。

「医者でもない主が気に掛けたところで、庭師の女の怪我が良くなるわけではありんせん」

「医者じゃなくても心配する権利くらいあるだろ」

「真実を言うたまででありんす」

「確かにそうだけど」

「もちっと飲まんし」

「いや、それ俺のだからね。ってかもう殆《ほとん》ど飲んじゃってるよ」

大丈夫だと言うのなら、それを信じて帰りを待つしかない。坂神さんの口から直接その言葉がきけたなら、すんなりとそうすることも出来ただろう。いつでも会えると思っていたけど、連絡先ぐらい交換しておけばよかった。

「この前さ、めちゃくちゃ美味い蕎麦屋見つけたんだよね。復帰したらお祝いにご馳走したいな」

「デートに立ち食い屋台はよしなんし」

「別にそんなんじゃないって」

でも確かに、足を怪我した人を連れて行くところじゃないな。

それにしてもさっきから、俺の脳裏をちらほらと原宿ラッキー女子が過っていく。

神様が翳っている、チョコレートの甘い香りのせいだろう。まかさ最近見掛けなくなったのは、彼女も足に怪我をして？　……ってのは流石にないだろうけど。元気でいるのだろうか。どうして俺は、彼女のことがこんなにも気になるんだろう。

神様は酒を飲み干し、チョコレートを齧りつくして「また明日」と帰っていった。

暗闇の中に消えていく小さな後ろ姿を見送ってから、窓とカーテンを閉める俺の手が止まる。

「……ん？　何で神様は、蕎麦屋が屋台だって知ってるんだろう」

あの屋台、俺が知らないだけで実は有名店だったりするのかな。

◆

翌日の休みは他県にある水族館へ行った。ペンギンの散歩ショーが出来るのはあと一カ月。だからこそ今よりも、もっと面白いものにしてみんなを楽しませたい。来館者が増加傾向にある今は、うみとも水族館を盛り上げる絶好のチャンス。

芸はしないペンギンのショーの要は、何といってもペンギン達の可愛さ。彼らの魅力を、大の仲良しである俺がみんなに伝えなければ。そのためにも必要な司会力を吸収するべく、イルカやアシカのパフォーマンスから、魚類の餌やりまでショーをハシゴした。

「デートスポットに一人で行くとは酔狂な」

「カップルに混ざってビデオとメモを取りながら、ぼっちでショーを見てた俺は確かに風変りだったよな……。集中してたから気にならなかったけど……」

夜に帰宅してソーダ割りを作ると、神様は今日も庭からやってきた。休日はご褒美酒を飲まないけど、今日は仕事も兼ねていたから飲むことにした。でもやっぱり神様に横取りされる。こうなることは分かっていたから、帰りに新しいグラスとチョコレートを買っていた。

彼女はいないし、地元とは離れた場所に居るから友達ともなかなか飲めない。そんな俺の飲み仲間が神様だなんて知ったら、兄ちゃん驚くだろうな。信じられないだろうから言わないけど。

「今宵も星がよう見えんすなあ」

「そうだね」

神様とか言いながらビーバーだし。神らしいことは何もしないで人の酒ばっか飲んでるし。それでも、誰かがそばにいてくれるってのは悪くないな。神でも化け物でも、家さえ齧られなければ問題は無いか。

次の夜も神様はやってきた。

「そいで。庭師の女は今日も休みだったので？」

「うん。カッコいい庭師がいるって、女子スタッフ達が騒いでるよ」

カメ担当の女の子が、大林さん見たさに中庭へ散歩に連れ出そうとしたり。ペンギン担当の先輩に、散歩ショーを代わってほしいと頼まれたりした。勿論代わらなかった俺は、今日もショーを成功させた。相変わらず俺に甘えて言うことを聞かないペンギン達だけど、そんなところが可愛いと観客にはウケている。我ながら、俺のＭＣも良かったと思う。


次の夜も神様はやってきた。

「今日も庭師の女は休みでありんしたか」

「うん。今日は女性のお客さんが中庭に沢山いて、散歩ショーは大盛況だったよ」

大林さんにお客さんまで騒ぎ出した。今日はやけにペンギン達の目が、俺に優しかった気がする。

小屋に落ちていたゴミを拾おうとしてしゃがみ込んだ時、二羽のペンギンが俺の肩を突いてきた。俺のことが大好きで甘えん坊なヒマワリとサクラだ。「『おい新人、ちゃんと掃除しろよ』って言ってるね」なんて冗談を言う井辺さんが後ろから撮った写真は、まるでシュンとして座り込んでいる俺にペンギン達が寄り添っているように写っていて、ブログにアップすると今までで一番の反響があった。

◆

家族連れで賑わう日曜日も、うみとも水族館の中庭に坂神さんはいなかった。本当に大丈夫なんだろうか。明日は来るだろうか。心配しながら帰路に着いた俺は、気が付けば駅前でまた、あの原宿ラッキー女子の姿を探していた。

見つけることは出来ず、コンビニで弁当とチョコレートを買って帰宅した。早々に飯を済ませて二人分のソーダ割りを作り、庭に面した窓のカーテンを開けた俺は、神様を待った。

「お待たせしんしたなあ」

間もなくやってきたビーバーに手を差し伸べる。待ってなんかいないよ。とは言えなかった。

「デートもせず毎晩お早いご帰宅。余程この家がお好きなようで」

「俺には、神様に酒とチョコレートをお供えする使命があるだろ。大事な家を齧られないように」

「誘う相手もおりんせんのに、わちきを言い訳にするのはよしなんし」

こんなやり取りも、どこか楽しくて落ち着く。家族でも友達でも、ましてや彼女でもない神様の隣が妙に心地良く感じるのは、自分の家だからって理由だけではなさそうだ。

「おっしゃる通り。相手がいない俺の人生に、デートなんて夢のようなイベントは発生しないよ」

「そいでも、気になるお人はいるのでしょう？」

スティック状のプレッツェルに、チョコレートがコーティングされた菓子をポキポキ食べながらグラスを抱えている。そんな神様を見ている俺の頭の中に、あの原宿ラッキー女子が浮かぶ。

「……俺の前には現れなくなったのに、俺の脳裏には現れるんだよなぁ」

「誰の話をしているので？」

「話せば長くなるんだけど」

「酒はまだ、たんとありんすから。話を聞かせなんし」

原宿ラッキー女子を語るには、高校二年の春まで遡らないといけない。


高校時代は楽しかった。友達が多くて、女の子からも人気があった。

「本当のところは、どうなので?」

「嘘は言ってないって」

女の子からも、マジでちょっと人気があった。告白だってされたことがある。でも毎日が充実していて、恋愛には特に興味がなかった。もし付き合うなら自分が本気で好きになった子がいい。今が楽しければそれでよかった俺は、いつかは現れるだろう理想の女の子に恋愛事情を丸投げにしていた。

しかし理想の女の子は、俺の予想を飛び越えて早く現れた。友達の家で春休みを過ごしていた俺は、いつもとは違う時間の電車に乗って学校へ向かっていた。そこで、人生で初めて一目惚《ひとめぼ》れと言うものを経験する。

一目見ただけで恋に落ちるなんて都市伝説だと思っていた。そんな現象を、まさか自分が体感するとは夢にも思っていなかったのに、彼女を目にしただけで俺は夢見心地で意識が吸い込まれていった。

それから毎日、俺はいつもより早起きをして彼女が乗る同じ電車で通学した。声を掛けようとした時もあった。でも近づくだけで顔が真っ赤になってしまうから恥ずかしくて出来なかった。彼女の顔を盗み見るのが精一杯だった。

流石に気が付いて最初は揶揄《からか》っていた友達も、俺の本気を知って静かに見守るようになった。そうして気が付けばあっという間に一年が過ぎて卒業を迎え、結局何も進展がないまま、俺の恋は終わった。と、その時は思っていた。

上京して新しい生活を初めると、彼女が出来た。けれど長くは続かなかった。原因は、一目惚れの女の子を忘れることが出来なかったからだった。俺の恋は、まだ終わっていなかった。

名前も居場所もわからないけど、もしもう一度彼女に会えたら、今度こそ声を掛けよう。自分でも呆れてしまうほど途方もない決心をした矢先、奇跡が起こる。

親身になってくれる大学の先輩から飯に誘われて、約束した店に行った俺は現実を疑った。そこには一目惚れした彼女がいた。大人びた服装で、随分と雰囲気が変わっていたけど、間違いなくあの子だと一目でわかった。今度こそ声を掛ける。俺はそう決めたんだ。俺は意を決して彼女の前に立った。

「は、初めまして！」

先輩の恋人になっていた彼女に、俺は初めて声を掛けることが出来た。ようやく恋の終わりを迎えた瞬間だった。

先輩は信頼出来る人だし、彼女も幸せそうで良かった。これですっきり忘れられる！　……とはいかなくて、めちゃくちゃ落ち込んだ。ずっと前から彼女を知っていたのに、電車で声を掛けなかったことを死ぬほど後悔した。

「酒も苦うなる、なんともビターな話でありんすなあ」

「甘いお菓子があって良かった。で、本題はここから」

出会いはあっても恋には前向きになれない。そんな日々が続いていたある日、コンビニでバイトをしていた俺の前に、ちょっと変わった女の子が現れた。品のあるワンピースを着て、長い黒髪をなびかせる彼女は一見して清楚な女子大生。レジにいた俺は、目があった瞬間に吸い込まれた。もうないだろうと思っていた、二度目の一目惚れだった。

新商品のドリンクをお勧めした俺に「あたいは粋な飲み物しか飲まないのさ！」と返してコーヒーを買っていく。小粋で可愛い彼女に、すっかり恋に落ちた。

「電車の女と似ていたので？」

「最初に一目惚れした女の子はギャルだったから、見た目は正反対だね」

「主の好みは何なので？」

「俺にもよくわからない」

毎回、一途《いちず》にコーヒーだけを買っていく常連客となった彼女は、失恋から立ち直る気力さえなかった俺に、次へ進む前向きな気持ちを授けてくれた女神だった。

もう後悔しないように、今度こそ告白しよう。そう決心した矢先に彼女は店に来なくなった。会えないまま時は過ぎて、就職が決まり、俺は東京を離れた。

「そいで、気になるお人はいつ出てくるので？」

「お待たせしました。その人は、慣れない仕事で不安を抱える俺の前に、まるで元気を与えるかのように現れるようになったんだ。頭にリボンを乗せて、カラフルな服を着た女の子！　見かける度にいつもチョコレートを食べていて」

「そいも一目惚れなので？」

「……とは違うな。でも最初に彼女を見かけた時に感じたんだ。コーヒーの子と似てるって。容姿はまったく違うし別人なのは確かだけど、何かが同じだって思ったんだ。それでずっと気になってたんだけど」

見かけなくなってからも、毎日のようにその姿を思い出す。会いたいと願っている。

「でも、恋とは違うんだ」

コーヒーの女の子が、失恋のショックでシャットダウンした俺の気持ちを再起動させてくれた恋の女神なら、チョコレートの原宿女子は、抱えた不安の重量を少し軽くして前を向きやすくしてくれた幸運の女神かもしれない。

「似てないけど、きっと何かが同じで、でもやっぱり全く違う。ごめん、上手く説明出来ないな」

「わかりんした」

「よくわかったね今ので」

「そいでも。主が本当に気になっているお人とは、そのチョコレートの美女ではありんせん」

「美女だなんて言ったかな俺。その人じゃないって、どういうこと？」

俺が今気にしているのは確かに（美女とまでは言わないけど可愛いとは思う）あの原宿ラッキー女子だ。なのに神様はきっぱりとそれを否定する。

「酒がなくなりんした。また明日」

俺の疑問をスルーして神様は帰っていった。

◆

　ペンギンショーのスタートから一カ月もしないうちに観覧者は倍増して、散歩コースの長さを少しだけ伸ばすことになった。

「小宮さんの夢は順調ですね」

　作業を手伝ってくれているのは、坂神さんだ。

「坂神さんは、やっぱり子供の頃から庭師になろうと思ってたんですか？」

「はい。でも子供の頃は、アイスクリーム屋さんにもなりたいって思ってました」

　足の痛みはすっかり引いたと言う坂神さんは、やっぱり俺から目を逸らしているけれど、話している顔は楽しそうに笑っているから不思議だ。

「大好きなアイスに囲まれるなんて夢だけど、我慢できずに食べちゃいそうで。やっぱり私は、この仕事の方が向いてます」

「俺も！　新幹線の運転手になりたかった子供の俺が、今の俺を見ても失望はしないんじゃないかな」

「喜ぶと思いますよ。きっと」

大林さんがいなくなってがっかりされたり、女子スタッフから質問攻めにあったり、坂神さんは復帰早々大変な目にあっていたけど、元気そうで本当に良かった。

家に帰って適当に飯を済ませると、冷えた二つのグラスに一日のご褒美をたっぷりと注いで、居間の窓を開ける。

坂神さんと話していたら食べたくなって買ってきた、チョコレートのアイスクリームもスタンバイ。大家さんが二階から出して貸してくれた炬燵《こたつ》に潜り込んだ。間もなくやってきた神様も、俺の隣に座ってぬくぬくとソーダ割りを飲みだす。

「炬燵に入るとみかん食べたくなるけど、アイスもいいな」

まだ固いアイスクリームを、木のスプーンで削《そ》ぐようにすくって食べる。

「庭師の女が戻ってきんしたね」

鼻をくんくんとさせている神様は、溶けるのを待っているのかアイスの蓋を開けたまま手を付けないでいる。

「うん。ルームシェアしてる友達がいるらしくてさ。休んでる間、家事を全部してもらっていたからゆっくり休めて良くなったって。体を動かしたいからって、俺の仕事まで手伝ってくれるくらい元気でホッとした」

　大林さんも優しくて良い人だけど、やっぱり中庭には坂神さんがいてほしい。

「ところで昨日の話の続きだけど。俺が本当に気になっているのは、原宿ラッキー女子じゃないって言うのは？」

　だったら一体誰なのか。

「答えるまでもありんせん」

　おっとりと言い放つ神様は、グラスを傾けながら窓越しの夜空を眺めている。

「主は、チョコレートの美女にまた会いたいのでありんしょう？」

「美女……？　まぁいいか。そうだよ。今頃どうしてるのかなって、ずっと気になって」

「そいは、主が恋をしているからでありんす」

「いやいや。確かに可愛い子だとは思うけど」

「絶対に違うと、言い切れるので？」

「た、多分……」

「そいなら、確かめてみんしょう」

「確かめるって、どうやって」

「こうやってでありんす」

神様は点いていないテレビの前へ移動すると、前足で全身を擦りだした。グルーミングしている姿は動物にしか見えないなと呟いた次の瞬間。突然神様の姿が消えて、入れ替わるように一人の女の子が現れる。

「…………は？」

真っ暗なテレビ画面を覗き込んで前髪を整えているのは、間違いなくあの、原宿ラッキー女子だ。

「鳩《はと》に豆鉄砲とは、今の主のことでありんすなあ」

「……その声、神様っ⁉」

頭にリボンを付けて、もこもことしたレインボーカラーのパーカーに、ふわふわと揺れるピンクのスカートを履いた女の子の神様は、炬燵に戻ると丁度いい具合に溶けてきたアイスクリームを食べだす。

「おわかりになりんしたか。主は恋をしておりんす」

「……いや。違う。これは、そういうあれじゃない」

心臓が激しく打っているけど、好きな子を前にした胸の高鳴りとは全く違う。

「喋って酒飲んで、女の子になるとかっ。何でもありかよ！」

「神様でありんすから」

「あぁ、もう。何だこれ。めちゃくちゃだろ」

神様は頻《しき》りに前髪を気にしていじっている。ビーバーで、ありんすで、原宿系って。前髪よりキャラクターを整えるべきじゃないのかな。突っ込みたいことはまだ山ほどあるけど、チョコレートアイスを美味しそうに食べている原宿ラッキー女子を前に、口からはもう溜息《ためいき》しか出ない。

「主はわちきを探していたのでありんしょう？　ですからこうして毎晩、酒の席に足を運んでおりんした」

俺に呼ばれたような気がした。初めてここへ現れた時、神様はやってきた理由をそう言っていた。

「恋に破れ、臆病になっていた主に再び恋を目覚めさせた女神。それに似ていると感じたわちきのことが気になっていたんは、主が再び恋をしたからでありんす」

真っ赤なマニキュアが光る指先をすっと俺に向けて、物言わんとする口を封じる。

「わちきを見掛けんしたことで、主は自分の心に潜んでいる何かに気付いた。そいでも、それが何なのかハッキリとはわからず仕舞い。慣れない仕事に疲れた心は不安を引き寄せ、救いを求めてわちきを探す」

有無を言わせない態度の圧に黙り込んだままの俺は、しかし徐々に浮き出てきた心当たりを、指でなぞられているようで身震いがした。

「わちきを見掛けると、前向きな気持ちになれたのでしょう。そいは、わちき越しに真の心が誰かを見ていたからでありんす」

神様の見えない手によってはっきりと輪郭を現した一人の女性が、俺の脳裏に浮かんでいる。

「聞かせなんし。主の、本当に気になるお人とは誰なので？」

それは、恋の女神でも、幸運の女神でもない。

「……坂神さん……」

今まで、本人の前で何度も口にしてきたその名前を、ずっと会いたいと願っていた女の子の前で呟いた。ただそれだけで、顔に熱を帯びた俺はどうしようもなく動揺していた。


初めて坂神さんを見た時のことは、よく覚えている。あれは運営会社に入社したばかりの春。二つの建物を繋いでいる連絡通路がある以外は空き地だった場所を、人が集まる中庭に作り変えるために造園会社が着工に入った。

神木さんに連れられて見に行った工事現場。男性作業員に混ざってパワーショベルを操っている女の子に目が行った。それが坂神さんだった。

小柄で化粧もしない坂神さんは、正直に言えば高校生くらいにしか見えなかった。そんな彼女が重機に乗って働いていたから驚いて、俺より二つ上だと知ってさらに驚いた。仕事をしている時の彼女は、眼鏡の奥の目が真剣で頼もしくて、カッコよかった。驚きは尊敬へと変わって、俺は彼女と友達になりたいと思った。

工事が終わって中庭の管理を任された坂神さんに、研修でペンギンの世話を任された俺は、中庭で会う度に挨拶をした。穏やかで親切だけど、どこか事務的な接し方だった坂神さんは、それでも積極的に声を掛け続けると、自然に笑って話してくれるようになった。


いつしか当たり前になっていたそれが、俺にとって特別な時間だったんだと気付いた。坂神さんが休みの間、いないとわかっていても中庭に彼女の姿を探している自分がいた。

復帰した坂神さんが元気そうでホッとした俺が、それ以上に感じていたのは安らぎだった。彼女と話していると、心が癒されて疲れも忘れる。それが今日、はっきりとわかった。

「俺、坂神さんに恋してるんだ……」

「気付くには近すぎて、知るにはまだ遠かったのでありんしょう」

一目惚れした時はすぐ自覚できたのに。彼女へ向けていた尊敬が、いつ恋に変わったのかわからない。それでも、どんな時でも前向きでいられたのは坂神さんの存在があったからだと、これだけは断言できる。

「なんとも鈍い。そいでも前を向いたなら今度はその足、出して先へ進みなんし。主が本当に求めていんすのは、ここにはまだありんせん」

「そうだね。……俺、坂神さんに告白するよ」

「決めたなら、やってみなんし臆せずに。たとえ当たって砕けようとも」

「何それ」

「たわむれに詠んだ歌でありんす」

縁起悪いだろ撤回して。星がきれいだと夜空を見上げている横顔には、いくら言っても無視される。

「それにしてもさ。初めて部屋に入れた女の子が、ビーバーってどうなの」

「わちきは神様でありんす。また明日」

神様はソーダ割りを一気に飲み干すと、開けた窓の隙間から外へ出て帰っていく。

入り込んだ冷たい風が、空になったアイスのカップをゴミ箱まで吹き飛ばした。

神様だって言うなら、この恋成就させてくれよ。そう思った俺は刹那、それは違うなと首を振る。何も出来ずに失恋を繰り返してきた俺の望みを、叶えられるのは自分しかいない。

◆

「えっ。神木さん、今何て言ったんですか？」

ペンギンの調餌をしていたら神木さんに呼び出され、急いで事務所へ向かった俺は研修終了日が決まったんだと覚悟していた。ペンギンショーを今後も続けてくれと言われたのは、聞き間違いだろうか。

「仕方がないだろ。ペンギン人気はコタツ君とセットだから、散歩ショー継続なんて言われても他にやりたがるスタッフがいないって、井辺さんが言うんだからな」

散歩ショーはそもそも期間限定のイベントだが、今やうみとも水族館のメインイベントになっていると言っても過言じゃないくらいの人気があることは、多くの反響から実感はしていた。

「お客さんは、コタツ君の言うことを全く聞かないペンギンが面白くて見に来るだろ。しかし他のスタッフでは、そうはいかないらしい。それで館長は、研修終了後もコタツ君に散歩ショーを任せたいと言っている」

ショーの継続は想定内だったけど、飼育員じゃない俺の続投は全くの想定外だ。

「こっちには戻ってきてもらうが、イベントを続ける以上ペンギンの世話も不可欠。上はコタツ君に掛け持ちさせるつもりだ。かなり忙しくなるだろうな。勿論、お前にはまだ断る権利がある。どうする？」

「やります！」

「即答かよ」

よく考えろと神木さんは言うけれど、夢の続きが見られるんだ。断る理由なんてない。

閉館後、急いで中庭へ駆けつけると坂神さんが帰り支度をしていた。

「坂神さんっ。お疲れ様です！」

「小宮さん。……何かいいことでもあったんですか？」

嬉しそうな顔をしていると指摘された坂神さんに、俺はペンギンショーと担当の継続を話した。一緒になって喜んでくれる坂神さんの手を思わず取ってしまい、驚く彼女の反応に慌てて手を放す。やばい。引いただろうか。

「あ、あの坂神さん。良かったら飯行きませんか？　復帰のお祝いに」

彼女を前にして確信する。俺はやっぱり坂神さんが好きなんだ。意識した途端、顔が熱くなる。辺りが暗くて助かった。って何俺まで目を逸らしてんだ。

「私も、小宮さんを誘いたいと思っていたんです。今日の予定は空いていますか？」

「はい！」

「良かった。実は水族館の方達に、どうしてもって頼み込まれて。断り切れなかったので……」

「はい？」

「これから大林さんと皆さんで食事会をするんです。大林さんはペンギンが好きで、小宮さんのファンでもあるんです。もし迷惑でなければ一緒に行きませんか」

そう言うことか。それでも。

「行きます！」

断る理由なんてない。寧《むし》ろこんなどきどきした状態で、急に二人っきりになるよりはいいかもしれない。

「井辺さんも来るそうですよ。女性陣が大林さんを取り囲んで、迷惑をかけないか心配だからって」

「任せてください。井辺さんの手伝いなら慣れてますから！」

まるで同じクラスの女の子を突然意識し始めた中学生みたいだ。でも俺は大人だからここは焦らず、慎重かつ確実に二人の距離を縮めていこう。


アイドルとファンの交流会みたいだった食事会が終わると、家が近いと言う井辺さんを大林さんが送っていくことになって、二次会へ誘うつもりでいた女性陣も諦めて帰っていった。

「大林さんの両脇を俺と二人で固めてたから、井辺さん明日は女の子達に文句言われるだろうなぁ。まぁ井辺さんなら笑って受け流せるから大丈夫か」

結局、坂神さんとは席が離れてあまり話せなかったけど。

「小宮さんは大丈夫なんですか？」

坂神さんを家まで送ってくれと俺に頼んできた大林さんは、良い人だ。

「はい！　俺は明日休みなんで助かりました」

坂神さんと並んで歩く、歩道の幅の広さが憎い。自宅アパートに着いた坂神さんは

「ありがとうございました」と丁寧に述べながら頭を下げた。不意に短く手を振って帰っていく後ろ姿は、いつもの作業服とあまり変わり映えしない。でも、おしゃれをしていたどの女の子達よりも素敵だと思う。

本当は明日も出勤したい。中庭で働く坂神さんに会いたい。

お疲れ様です！　と声を掛ける。すると返ってくる、少し日に焼けた微笑み。今思えば俺は、その顔が見たくて毎日声を掛けていたんだと気付く。恋をしていたんだ。

ずっと、彼女に。


アパートに背を向けて歩き出したところで、前から一人の男が歩いてくるのが見えた。何となく気になって見ていた俺は、街灯の下で擦れ違い様に「あっ！」と声を上げる。歩きながら肉まんを頰張っている男が振り返った。

「思い出した！　どっかで見た顔だと思ったんだ。君、兄ちゃんの……谷城と神木ちゃんの知り合いだろ！」

「ほぉ。あの時の小童《こわっぱ》ではないか」

俺は前に、この男と兄ちゃんの家で会ったことがある。二人の共通の知人だと聞いたけど、イケメンのくせに侍みたいな話し方をする変な奴《やつ》だったからよく覚えている。

二年経った今でもそれは変わっていない。確か名前まで変わってたと思うけど、何だったっけ。そんなことより。

「ここで何してるの？」

長めの茶髪から覗いているピアスが光っている。容姿すら二年前と全く変わっていない、東京にいたはずの男がここで何をしているのか。

「肉まんを買いにコンビニへ行き、帰るところでござる」

「まさか、君も今こっちに住んでるの？」

「うむ。お嬢の家に住んでおるぞ。では」

お嬢って誰？　デニムパンツのポケットにマヨネーズを入れている男は、俺の視線を無視して去っていく。こんな偶然があるのかと呆然としながら見送る男の姿は、坂神さんが住むアパートの、同じ部屋の中へ消えていった。

「…………は？」

坂神さんの家に何故あの男が……？　お嬢って、まさか坂神さん？　彼女は友達と住んでいると言っていた。ということは、あの男は坂神さんの友達。一つの部屋に二人で住んでいる。変わっているけどイケメンな、男の友達。

本当に、友達……？

家に帰りついた俺は、すぐさまグラスを二つ用意した。そこにソーダで割らない焼酎を並々と注ぐ。いつもより遅い時間でも、ビーバーの神様は見計らったようなタイミングで現れた。

「庭師の女の匂いがしんす。今宵はデートでありんしたか」

「神様。俺は有言実行、想いは必ず伝える！」

グラスをぐいっと傾けて、氷がカランと音を立てる。ごくりと鳴らした喉を通った酒の味は、よく分からない。

「……本当に、当たって砕けるかもしれないけど」

グラスを抱えて俺を見上げる神様の表情は、小首を傾げながらも笑っているように見えた。

坂神さんに恋人がいるなら諦めるしかない。けど友達だと言うのなら、疑わしい状況でも俺にはまだチャンスがあるはずだ。

「仲良くなって、俺は坂神さんのことを知っている気でいたけど。何も知らないんだって思い知ったよ」

坂神さんとルームシェアしている友達が、刀の代わりにマヨネーズを腰に差している妙なイケメン侍だと話しても、神様は特に驚く様子もなく飲んでいる。

「庭師の女とて、主がこうしてわちきと甘い夜を過ごしていることを知りなんせん」

「知られたら大事だよ」

コンビニで買ってきた、肉の代わりにチョコレートクリームが詰まったチョコまんに齧《かぶ》りつく神様は、うっとりと至福の笑みを浮かべている。神様がビーバーだと知れたら世間は大パニックだ。神頼みする人が神社ではなくて、動物園か水族館に殺到するかもしれない。

「知りたいな、もっと。坂神さんのこと」

「知るを欲するは人間ゆえ。時には知りたくないことも知ってしまう」

同居人の存在に内心怯《おび》えている俺を、まるで見透かしているような目で神様が笑う。

「そいでも、もっと欲するのなら心のままにゆきなんし。いつか本当に恋の女神が微笑むかもしれんせん。後悔の味、その苦さはどんな薬よりも効くでありんす」

「止まれと言われたって、もう無理だからこのまま進むよ。それにしても今日はやけに笑うよね。もしかして酔ってる？」

「わちきを酔わせたいのなら、上物の酒をついでおくんなんし」

「そんなものは家にはないし、酒癖悪そうだから嫌だよ」

俺はこれから本業とペンギンショーの両立で忙しくなるし、坂神さんも冬の間は定期管理に切り替えて、中庭には週に数回しか来なくなると言う。そのうえ妙な同居男も現れて、進みだした恋は前途多難だ。

でも今の俺には、横で微笑んでいる幸運の女神がいる。

「このチョコクリーム超美味しいんだけど作った人マジで神じゃね？」

いくら飲んでも酔わないのに、チョコレートにはキャラを忘れるほど酔いしれる神様に比べたら、坂神さんと同居している風変りなあの男の異質性も少しは薄まるな。

「ま、神様と人間を比べてもって話しだけど」

「何をぶつぶつと申しているので？」

「何でもないよ。もう一個食べる？」

それにしても、あの男の名前。思い出せそうで、まだ思い出せない。何だったかな。

壁登の神様

『可愛い妹の結婚だろ。ここは兄として祝い、家族として喜び、大人として温かく見守ってやれ』

電話の向こうで殊勝ぶっている同級生のレイジは、子供の頃から兄弟のようにして育った友人以上の存在だ。僕の七つ下の妹の面倒もよく一緒にみてきた。

「本当に大丈夫なのか？　相手は社員でありながら、七つも年下の若いアルバイトに手を出した男だぞ」

『まぁーだそんなこと気にしてんのか。谷城君なら大丈夫だって』

今では正社員としてレイジと同じ東京の遊園地で働いている妹は、二十歳だったバイト時代に同じ職場のレストランで働いている、谷城と言う男と付き合いだした。

別れもせず二年が経ち、二人がこっちへ来ると言い出した時に僕は悟った。谷城の実家はここ和歌山にある。三人で落ち合い食事へ行くと案の定、二人から婚約したと報告された。

『そろそろ認めてやれよ』

「結婚は認めたさ」

互いの両親も承諾しているから認めざるを得ない。

『正月は休めるんだろ。大事な妹取られたからって、いつまでも嫉妬してんなよ。可愛い彼女を連れて帰って来い』

「嫌みにしか聞こえんのだが」

そんな相手が僕にはいないことなど、この既婚者は百も承知だ。

『部下のコタツ君は親戚になるわけだから、優しくしてやれな。おむつ換えたいからもう切るぞ』

愛娘《まなむすめ》の子育てで忙しいレイジに電話を切られ、ソファーに寝転がる。

コタツ君というのは、うみとも水族館の広報部で働く僕の部下、小宮辰彦の愛称だが。彼が谷城の弟だと知ったのはつい最近だった。妹から紹介され、面接を経て今年の春に入社している。妹の策略だと勘繰るまではいかずとも、些《いささ》かはかられた感は否めない。しかしコタツ君は自身で企画、出演するペンギンの散歩ショーを成功させるなど大活躍だ。

一人暮らしのワンルームマンションに響いたドアチャイムで身体を起こし、ふらりと玄関に出る。

「お待たせしましたー。神木真守《まもる》様ご注文の、ピザのお届けです」

「ご苦労様です」

配達員に代金を払い、受け取った晩飯をチーズがとろけているうちに胃袋へ納めると、机に向かいノートパソコンを開いた。

必至に頑張るコタツ君と、何故か彼の言うことだけ全く聞かないペンギン達のコミカルな掛け合いがウケているショーは、地元の新聞やテレビでも取り上げられる程の人気で、期限付きだった開催期間の延長も決まった。お陰で減少傾向にあった来館数が安定し、今年再生させた中庭の活用を増やすべく、僕はパフォーマーによる屋外イベントを企画した。

明日の打ち合わせで使う資料の作成を終えて、再び寝転がる。間もなく日付が変わろうとしているデジタル時計を、何となしに眺めながら大きな息をもらす。満たした腹の裏側で、満たされない部分に積もっていく蟠《わだかま》りを吐き出すような溜息。

疲れていない、と言えば嘘にはなるが。陰鬱な息を吐き出したのには訳がある。

◆

水族館の中庭に設置された屋外ステージ。そこで十一月中旬の土日に予定しているイベントに出演依頼をしたパフォーマーとの打ち合わせは、事務所の横にある応接室で行われる。

机にお茶と資料を並べていると、パフォーマーが来たと知らせを受けて水族館入口まで迎えに行く。約束時間の十分前に来館したのは、地元を拠点に活動している若手の二人組シンガーソングライターと、数々の舞台をこなしているベテラン手品師。

「もう一人は、まだ来ていないようだな」

依頼を引き受けてくれたのは三組。周囲を見回しても、それらしき人物はいない。

「コタツ君はここで待っててくれ。僕は先に中へ案内するから」

「はい！」

入口に残したコタツ君が一人の女性を連れて応接室へ来たのは、約束時間である午後四時ジャストだった。

「はじめまして。弁天《べんてん》です」

真っ赤な唇を艶《つや》めかせて僕らに微笑む彼女は大道芸人。三組目のパフォーマーだ。背筋がスッと伸びた瀟洒《しょうしゃ》な美人の登場に空気は一変した。待たされて不満げだったベテランの、への字に曲がった口が綻んでいる。席について資料を読むその整った横顔に、若手の二人もすっかり見惚れている。

「それでは全員揃いましたので、始めさせていただきます」

笑顔を浮かべる僕は、しかしその裏でもやもやとした気持ちを抱えていた。その原因が、目の前にいる大道芸人であることは明白だった。

余裕を感じる佇《たたず》まいは年上を思わせるが、実際には僕より一つ下の二十八歳。華のある容姿に、コンテストでの受賞歴もある実力者ながら、芸歴は二年と浅く知名度もまだ低いためオファーは二つ返事で引き受けてもらえた。この時はまだ知らなかった彼女の経歴が今、僕の心を密《ひそ》かに大きくかき乱している。


旅行が趣味で、学生の頃からバイトで金を貯《た》めては国内外へ旅をした。経験や知識を活《い》かせる仕事をしたいという夢を胸に、旅行会社に絞った就職活動を行ったが失敗に終わった僕は、このうみとも水族館に流れ着いて今に至っている。

「弁天さん、写真で見るよりきれいな人でしたね」

思い出したような呟きに隣のデスクを覗く。広報部の業務とペンギンの飼育員、二足の草鞋《わらじ》を履くコタツ君が日報を書く手を止めて僕を見ている。

「大きな独り言だな」

「神木さんに言ってますって。弁天さんって、誰もが知る大企業を辞めて大道芸人に転職したんですよね。何かこう、夢に向かって輝いてるって感じしますよね！」

「……そうか」

再びざわつきだした腹の底に、ブラックコーヒーを流し込んだ。コタツ君の言う通り、大道芸人弁天は務めていた会社を辞めている。その企業と言うのは、僕が強く希望して最終面接まで漕《こ》ぎつけたが、あと一歩のところで入社の夢が叶わなかった最大手の旅行会社だ。

「意外だな。コタツ君は弁天さんがタイプなのか。てっきり、庭師の坂神さんが好きなのかと思っていたよ」

「や、違っ……！」

「坂神さんがいる日は今日みたいに元気だよなコタツ君。井辺さんが言うには、坂神さんが来ない日のペンギンショーは、いつもの元気がないそうじゃないか」

中庭の管理者である坂神さんは、不定期で水族館へやってくる。いつも元気なコタツ君だが、坂神さんが来る日になるとその目を一層輝かせる。

「それは……まぁ、ちょっとはガッカリするというか。でも、決して手抜きはしてません！」

正確には「坂神さんがいない日のコタツ君はどこか哀愁が漂っていて、それがペンギンに振り回される滑稽な彼の面白さを増幅させて客に受けている」と飼育員リーダーの井辺さんは言っていた。

「わかってるよ」

これまでに例のない、広報業務と飼育の両立という多忙な日々の中でも文句一つ言わず、ペンギンに突かれながらも懸命に頑張っているのは知っている。

「随分仲が良さそうだから、もう付き合っているのかと思ってたけどな」

「いやいや……。坂神さんには、俺よりも仲がいい男友達がいますし」

「そう、なのか」

事務所内に設置された自動販売機でコーヒーを買い、井辺さんに呼び出されて席を立ったコタツ君のデスクに置く。つい意地悪をしてしまったお詫びだ。


今の職場は希望したものではなかったかもしれないが、今の仕事に不満はない僕は、それでも弁天の存在に胸をモヤモヤとさせてしまう。大企業を辞めて大道芸人の道を選んだ彼女を、赤の他人である僕が咎《とが》めるつもりは毛頭ない。

しかしだ。理由は知らないが彼女の経緯は、いつか切実に願った僕の夢をまるで否定しているかのようで納得がいかない。この鬱屈感《うっくつかん》の正体は単なる嫉妬や未練なのだろうが、それらに心をかき乱されて、部下にまで当たってしまう自分の小ささに苛立《いらだ》ちを覚え、吐き出したい思いから溜息が零《こぼ》れる。

スマホを取り出してレイジに電話を掛けようとするも、子供と過ごす時間を邪魔される恨みをまた嫌みで返されそうでやめた。車に乗り込み、このままドライブでも行く気分でもなかった僕は自宅方向へハンドルを切った。


自宅マンションを通り越して、さらに進むこと十分弱。到着したのは住宅街の中にある、大きな倉庫のような建物。車に常備しているスポーツバッグを手に中へ入る。

「こんばんは。お願いします」

受付で会員カードを提示してロッカールームへ入り、スーツからスポーツウェアに着替えて、少しきつめのシューズを履く。軽くストレッチをしてから手に粉を付けて、色も形も様々な突起物が一面に散らばる壁を前に、分厚いマットの上に乗る。

ここはボルダリングジム。就職に失敗して旅行から足が遠のいた、僕の唯一の趣味がこれだ。道具を使わず身一つで人工壁を登る、クライミングの一種。四年前に偶然このジムを見つけて興味が湧き、身体一つで始められる手軽さから試しに挑戦した。汗をかく爽快感と登り切った達成感にすっかりハマり、そのまま通い続けている。

「あれ、神木さん疲れてます？　ちょっと動きが重いですね」

登り始めて間もなくバランスを崩し、マットに落ちた僕を若いトレーナーが覗き込む。笑って誤魔化し、再度挑戦するも調子はいまいち。このスッキリしない気持ちを発散させるために来たはずが、何一つ思うようにいかず索漠とする。これでは逆効果だ。

今日のところは諦めるか。手の粉を払い、帰ろうとした時だった。

「ねぇ、あんた！」

威勢のいい、女の子の声が聞こえて振り返る。しかし周囲にそれらしき人物は……。

「聞いてんのかい、そこのあんただよ」

真横にいる女の子と目が合う。上下を藍色で揃えた、軽快ながら品のある服装。後ろで一つに纏めている長く艶やかな黒髪。一見して清楚な女子大生が声の主だとすぐには気が付かなかった。

「何ボケッと立ってんだい、このとうへんぼく！」

「これは、どうもすいません」

慌てて下がる。壁の前に立っていた僕が邪魔だったようだ。それにしても、初めて見る顔だな。そんな細い手足で、このかなりの前傾斜がある壁が登れるのだろうか。

「待って森神《もりがみ》さん。そこはまだ早いですって」

懸念に思ったそばから、女の子はトレーナーに引き戻されていく。

「すいません神木さん。彼女は今日が初めてなんです。初歩のコースを教えてあげられませんか？」

ジム内には二十人近い男女が集まっている。二人しかいないトレーナーは対応に追われて忙しそうだ。

「わかりました。僕で良ければ」

少しは気晴らしになるかもしれない。そんな気持ちで引き受けた。

「よろしく頼むよっ！」

「あはは。元気がいいね」

礼儀を欠いているところは気になるが、まぁいい。施設を利用するにあたり守らなければいけない規則の説明は受けているようだ。しかしいきなり上級コースに挑もうとしたところを見ると、基本ルールは知らないらしい。

「手で摑んだり、足場にする人工の石はホールドって言うんだ。ホールド横に貼ってあるカラーテープ、あれは難易度を示している。初めは灰色のテープ、初心者コースから挑戦しよう。手に滑り止めのチョークの粉を付けて、さぁ登ってみようか」

「あいよ！」

登りやすい九十度の垂壁へ移動する。スタート地点のホールドを両手で持ってから始めるのがルール。そこから同じカラーテープのホールドのみを使ってゴールまで登るのだが、威勢とは裏腹に森神さんは、スタートから一歩も足を動かせないでいる。スタートのホールドにしがみ付いているのがやっと。この様子では梯子《はしご》すら登れそうにない非力な女の子を前にして、僕はどうしたものかと対処のしように早くも悩む。

恐ろしく運動神経が悪い森神さんに遅くまで付き合わされたが、結局初心者コースの一つも彼女はクリア出来なかった。

「ま、最初はこんなもんだね」

着替えた白いワンピースに紺色のニットコートを羽織り、髪を下ろした頭にカチューシャを付けた森神さんは落ち込むどころか満足気に缶コーヒーを飲んで、ガラス張りの壁から夜空を眺めている。

「見てごらんよ。今夜もまんまるだね」

言われて僕も玄関先から空を見上げた。満月でも出ているのかと思ったが、闇に浮かぶ月は欠けている。何を見ろと言ったのだろう。丸い物なんて見当たらないが。

「そうだ。家は何処なの？　もう遅いから……」

送っていくよ。そう言いかけた口が止まる。玄関で靴を履く僕の横にさっきまでいたはずの森神さんが、忽然とその姿を消している。彼女のヒール靴もなくなっている。

帰ったのか、話しかけた一瞬の隙に？　恐ろしく足の速い娘だな。

◆

パフォーマンスイベントは一週間後。それまでは弁天に会うこともなく心穏やかに過ごせると思っていた。

「あ。神木さんだ。こんにちは」

「べ、弁天さん……。どうしてここに？」

休日の水族館。子供やカップルに人気の高いクラゲの展示コーナーで、弁天に声を掛けられた僕は驚きながら咄嗟《とっさ》に笑顔を作った。

「あら、いちゃいけません？」

照明を落とし、水の流れに揺蕩《たゆた》うクラゲに光を当てた幻想的な空間。ここで見る弁天の微笑は妖艶で全てが彼女の演出のようだが、ざわつく内面に笑顔を張り付けるのが精一杯で見惚れている余裕はない。

「客層を見ておきたかったんです。演目を決める参考に」

一般のお客様同様チケットを購入して来館したらしい。

「そう言うことは、いつでも僕に相談してくだされば」

「ホント？　それじゃ、お願いしますね」

「……何を、ですか？」

「初めてなんです、水族館。案内してください」

急にそんなことを言われても困る。慌てて首を振る僕の手を、弁天は問答無用で引いていく。真っ赤なマニキュアが光るその手を振り払う訳にもいかず、ペンギン小屋にいるコタツ君を呼び出すことも出来ない。


弁天の館内一周に付き合わされたロスで余儀なくされた残業を終え、車に乗り込んだ僕は少し迷ってからボルダリングジムへ向かった。家に帰ってゆっくり休みたい気もするが、満足に登れなかった昨日のリベンジの方に気持ちが傾いている。

休日の夜は平日に比べると空いている。顔馴染みばかりの利用客と挨拶を交わし、ホールドの配置換えで新たに出来たコースの攻略方法を話し合う。

不意を突くように現れた弁天に、今日も心は乱されっぱなしだった。彼女の存在は唯《ただ》でさえ僕をモヤモヤとさせるのに、こちらの都合を完全に無視する自由奔放な態度に苛立ちも芽生える。

手に付けた粉を、雑念と一緒に払い落として壁に挑む。しかし今日も、思うように身体が動かない。その分パワーに頼って登っていたから、すぐに疲れてしまった。

「隣いいかい？」

ふぅ、と短く息をついた刹那。聞き覚えのある声が近距離から聞こえて振り向く。休憩用のマットに腰かける僕の真横に、昨日の森神さんがいた。

「もう座ってるんだけどね！」

いつの間に来ていたんだろうか。全く気が付かなかった。

「いけ好かない彼女に悩んでいるんだね」

「一体誰の話をしているのかな？」

神出鬼没な森神さんの唐突な言葉に眉根を寄せる。しかし僕の脳は即座に反応して弁天を浮かび上がらせ、内心は酷《ひど》く動揺していた。

「とぼけるんじゃないよ。でも大丈夫さ！　昨日のお礼に、あたいが励ましてあげるからね。あんたは悪くない。胸を張りな！」

その細い腕からは信じられない力で背中を叩かれた。予想外の打撃に前のめりになった体勢を戻して苦笑いする。何者だこの娘は。僕の何を知っている？

「……励ましてくれてありがとう。でも、そんなことはないから」

「嘘は築地《つきじ》の御門跡。あんた、さっきため息をついただろう。あたいはそれでわかるんだ」

「嘘じゃないよ」

いけ好かないなんて思っていないし、彼女でもない。

「それなら、どうしたっていうのさ。何があったんだい？」

「何でもないよ」

心配されるほど顔に疲労が出ていたのだろうか。それにしても随分とピンポイントな心配りだな。悪意は全く感じないが、澄み切った瞳で胸中を見抜こうとしてくるその純然たる詮索行為が恐ろしい。

「さぁ、登ろうか」

妹と年が近いだろう森神さんに僕はどうにも警戒心が薄れてしまうようだ。このままでは危険だと感じて話を終わらせる。

「昨日は僕の教え方が悪かったかもしれないね。今日はトレーナーに教わるといい」

今日は手が空いていそうなトレーナーを指して、僕は立ち上がった。

「いいや。あんたの手解《てほど》きはカンニングペーパーも舌を巻くよ。完璧でカンペ気になるってね！」

若干寒くなった場の空気を残して、森神さんは立ち上がると壁に向かう。

「見ていておくれよ！」

指名されては離れることは出来ない。再び腰を下ろして、仕方なくその場に留まった。

森神さんは、昨日全く登れなかった初心者コースに再び挑むらしい。挫けないその根気には感服する。

しかし時には諦めも必要だ。筋肉痛になる程の筋肉もついていないような細い手が、スタート位置のホールドを掴む。怪我をする前に辞めさせせた方が、森神さんのためかもしれない。そんな思いで見守っていた僕は、初心者コースをあっという間に攻略して戻ってきた森神さんに言葉を失った。

「何をボケッとしてんだい。少しは教え子の成長に驚けってんだよ！」

「……驚いてるよ。まるで昨日とは別人じゃないか」

「さぁ。もう休憩はおしまいにして、手本を見せておくれよ」

半ば呆然としながら立ち上がる。森神さんに急かされるように壁に向かった僕は、水色テープの基本コースに手をかけた。

驚きの余韻が雑念を押《お》し退《の》けたのかもしれない。休憩を挟んだのも良かったのだろう。さっきとは違って身体が軽い。足も上がる。思い通りにゴールまで辿《たど》り着《つ》いて、下のマットに着地した僕はホッと息をついた。

「上手いもんだね。猿も木から落ちるって言うけど、やっぱり猿は猿だよ！」

「僕は人間だよ」

失礼な発言に呆れて口元がゆるむ。こんな風に自然に笑ったのは久しぶりだ。それから何度か違うコースも攻略し、適度な運動に汗を流した清々しさに満足して帰り支度をする。

幾つかある初心者コースを制覇し、遅い時間まで残っていた森神さんも玄関で靴を履き、帰ろうとしていた。

「今夜もまんまるだね」

「それ、昨日も言っていたが一体何が丸いんだ？」

やはり送っていくべきだなと靴を履いて、顔を上げた時にはもう既に、隣にいたはずの森神さんは帰っていた。月は今夜も欠けている。

◆

パフォーマンスイベント開催日は、土曜日曜の両日とも天気に恵まれた。イベント会場である中庭の屋外ステージには、知名度のあるコタツ君の宣伝効果もあり沢山の観客が集まった。

司会進行の僕はステージ袖から各パフォーマンスを観ていたが、特に弁天のステージは盛り上がっていた。着物を洋服にリメイクしたらしい和洋折衷な衣装を身に纏った彼女の存在感は唯一無二だった。とても芸歴二年とは思えない完成された出《い》で立《た》ちで登場すると、忽ち会場の空気を掴んだ。

二つの棒に括《くく》りつけられた大きな輪っかのロープを使って、空中に巨大なシャボン玉を作ると子供達が歓声を上げた。そこに弁天が息を吹きかけ、巨大シャボン玉の中に幾つもの小さなシャボン玉が浮かび上がると、大人達も嬉々《きき》として拍手する。

別の棒に持ち替えて次に披露したのは、彼女が得意だと話すディアボロだ。糸を通した二本の棒を使って巧みにコマを操る姿は、まるでしなやかに舞い踊っているようで観客を魅了した。

最後に六本の棒を使い六枚の皿を同時に回す。観客から六人を選んでステージにあげると、回った状態の皿を渡してそのまま皿回しをさせる参加型のパフォーマンスで、最後まで観客を楽しませていた。

「大成功でしたね。来館者の満足度も高いですよ！」

水族館の出入り口に随時設置している、来館者へのアンケート用紙の束をコタツ君が掲げてみせた。その量は通常の土日の二倍はある。

「特に弁天さんは人気でしたね」

「そうだな」

コタツ君が上機嫌でアンケートの集計をデータ入力している横で、企画報告書を纏めながら頷く僕は、これでもう弁天に会うことはないんだと密かに胸を撫で下ろしていた。

「あの人は、きっとその内テレビにも出ちゃうような人気者になるかもしれませんね」

「そうだな」

「そうなるとギャラも高くなるでしょうね」

「そうだな」

「そうなる前にまた呼びたいじゃないですか。だから俺考えたんですけど、ペンギンの散歩と弁天さんのコラボショーとか出来ないかなって」

「……え？」

「思いついた時にたまたま館長が通りかかったんで、話してみたんです」

「待てよ。今日終わったばかりだぞ？」

「善は急げじゃないですか。で、オッケーもらったんで早速弁天さんに連絡を取りたいんですけど」

「思い付きがそんな直《す》ぐに通るのか」

「僕はペンギンのことがあるんで、弁天さんのことは神木さんに任せるようにって館長が、あっ！　……大丈夫ですか？」

力が抜けた手から缶が滑り落ちて、机上にコーヒーをぶちまけてしまった。

「……大丈夫だ。問題ない」

書類やパソコンへの被害は最小限に食い止めた代償に、スーツの袖は茶色く染まった。


車内に常備しているスポーツウェアに着替え、脱いだスーツをクリーニングへ出した僕は、その足でボルダリングジムへ向かった。

「……森神さん？」

顔馴染みへの挨拶もそこそこに、僕は壁を登っている森神さんを凝視した。

彼女が挑んでいるのは、掴みやすいガバやインカットと呼ばれるホールドばかりの初心者コースではなく、丸くて掴みどころがないスローパーや、挟むように掴まなければいけないピンチといったホールドが混在し、膝の動きも重要になってくる中級コース。

それを難なく攻略してトレーナーとグータッチをした森神さんは、吃驚《びっくり》する僕に気が付いて駆け寄ってくる。

「す、すごいじゃないか森神さん。この一週間、ずっと練習に来ていたのか？」

「いいや。ここへ来たのは久しぶりさ。土曜日の夜にあんたと会って以来だよ」

「どんな突然変異だよ」

初めて会った彼女と今の彼女とでは、最早《もはや》遺伝子レベルで別人だ。思わず突っ込んでしまったが、会っていなかった八日間で一体何があったのか。確かめるように僕も同じコースに挑戦する。何とかゴールに辿り着き、森神さんが差し出した拳にグータッチをする。途中にあった難関を、この始めたばかりの女の子が突破したことに改めて驚いた。

「何ため息ついてんだい」

「……タバコを吸っているだけだよ」

身体が火照ったところで一本吸おうと、屋外の喫煙スペースで煙草《たばこ》に火をつけ、煙を吐いたところで森神さんがやってきた。今日はもう帰るのか彼女は着替えていた。

「いけ好かない彼女と何かあったようだね」

「前にも言ったけど違うよ」

嘘をつくなと言わんばかりのまっすぐな視線に、僕は少し躊躇してから続けた。

「彼女じゃなくて仕事の人だよ。多少わがままで苦手なところもあるが、嫌いだとは思ってない」

自分の過去が否定されているような弁天の経歴に納得が出来ない。所詮は他人であり、僕が詮索する権利もなく、しかしもやもやとしてしまう自分が嫌なのであって、彼女には非がない。けれども会いたくはない。

「なるほどね。今日でやっとそんな自分とおさらば出来ると思ったら、次の仕事が決まってまた顔を合わせることになったんだね」

煙草を一本吸い終わる頃には、僕は森神さんに弁天のことを話していた。今まで何でも打ち明けてきたレイジにもまだ話していない胸の内を、何故この女の子に話してしまったのか。自分の行動が俄《にわ》かに信じられず、終止符を打つように煙草を灰皿に押し付けた。

「あんたが夢見た場所を捨てて、別の夢を見ている女。いいじゃないのさ見守ってやんなよ。互いに別の道があった仲じゃないか」

何も知らない相手だからこそ、素直に話せるってこともあるよな。

「うん。今日もまんまるだよ」

「だから、それは一体何？」

中へ戻ろうとドアを開けながら振り返る。さっきまでそこにいた森神さんの姿は無く、彼女が見上げていた夜空には欠けた月が浮かんでいた。

小さな現実の中で肩を狭めて凝り固まっている僕にとって、現実離れした彼女の不思議が、ちょっとした息抜きになっていることも素直になれた理由なのだろう。

◆

今年は暖冬だと言われているが、寒さに弱いケープペンギンの散歩ショーは十二月から、コタツ君が屋内で餌やりを公開するフィーディングショーに切り替わる。

ペンギンと弁天のコラボレーションショーは、散歩最終日となる十一月最後の土日に決まり、突然のオファーにも二つ返事で承諾してくれた弁天と、僕とコタツ君の三人で打ち合わせを行った。彼女を見る度、胸に積もっていく蟠りをコーヒーで腹の底に流し込んで誤魔化し、常に笑顔を心掛ける。

「最初にステージで弁天さんにパフォーマンスをお願いします。で、俺がペンギンを連れて出てきますので、弁天さんは先頭に立って、一緒にゲートを散歩してもらう。こんな感じでいいですか？」

「承知しました。素敵なショーにしましょうね」

「はい！　よろしくお願いします！」

コタツ君と弁天が握手を交わし、打ち合わせは滞りなく終了した。水族館も閉館し、車で来ている弁天を駐車場まで見送っていた途中。弁天が突然、コツコツと床を鳴らしていた赤いピンヒールを止めた。

「あら。友達がいるわ。ちょっと行ってきますね」

そう言うと外へ向かって駆け出していく。

「え？　あの。ちょっと待ってくださいっ」

出口で返却してもらうつもりでいた入館許可証を、首に下げたまま行ってしまった弁天を慌てて追いかける。彼女は中庭へ飛び出し「キョエちゃん！」と、そこにいた庭師の坂神さんを呼び止めた。

　弁天は坂神さんと十分程度話し込んでから、近くで待っていた僕のところへ戻ってきた。

「お知り合いでしたか」

「ほら前に、神木さんに水族館を案内してもらった時。あの中庭がすごく素敵だったからもう一度行ってみたんです。そこでキヨエちゃんを見掛けて。彼女とってもチャーミングでしょ。だからナンパしました」

「は、はぁ……」

「お食事に誘って。話してみると気が合って。仲良くなりました」

　嬉しそうに話す弁天だが、真面目で大人しい印象の坂神さんは、果たして本当にこの人と、派手でマイペースな弁天と友達なのだろうか。僕には坂神さんが、帰宅準備を邪魔されているようにしか見えなかったが。

「そうだ神木さん。私、大事な方達と打ち合わせがまだでした」

「大事な？　誰ですか？」

「ペンギンです。今からでも遅くはありませんね。行きましょう」

　つかつかと歩き出す弁天の背中を追いかけ、僕はそっと溜息を零しながらペンギン小屋にいる井辺さんに内線を掛けた。

残業を終えて向かった三日ぶりのボルダリングジムでは、森神さんが上級者の登竜門とされているコースを登っていた。見事に攻略した彼女に、周りと一緒になって拍手を送る僕はもう、左程驚きはしなかった。

「今度は僕の方が教えてもらいたいよ」

僕もまだ未攻略の難関コースをいとも簡単に登ってみせる森神さんは、既にこのジムでは有名で注目の存在になっている。

「ちゃちゃっと動いてささっと登りゃいいのさ」

「ご教授ありがとう」

全く参考にならないが。凡人離れした教え子の成長を前にして火が付いた僕は、駆り立てられるように壁へ向かった。

難関コースのスタートにあるホールドに両手をかけ、一呼吸置いてから一気に足を振り上げる。身体を押し上げる力を利用して離れたホールドに飛びつき、隣の壁との傾斜の違いで生じる段差も蹴り上げて利用する。余計な脂肪や筋肉は付いていない方だから身軽さには自信がある。

しかしダイナミックな動きに耐える保持力と体幹が重要になるこのコースで、それらが足りていない僕は敢え無くバランスを崩して落下した。

休憩用のマットに移動し、ふぅと息をつきながら寝転がった。

「ちょっと失敗したぐらいで泣くんじゃないよ。でも今日は水曜日だから仕方ないか。うぇーんズデーって言うからねっ」

「泣いてないよ。笑いもしないが」

「心が泣いてるんだよ。息と一緒に口から涙が零れてるじゃないのさ」

思わず口元を拭うが、勿論そんなものは出ていない。休めた身体が落ち着いた頃には、隣でコーヒーブレイクをする森神さんに僕は今日の出来事を話していた。

「あの人はこれから毎日、仕事や練習の合間に水族館へ来るそうだ。共演するペンギンと親睦を深めたいらしい」

「さすがは転職してまで大道芸人になっただけあるね。仕事熱心じゃないか」

「そうだな。御立派過ぎて涙が出るよ」

弁天に乱されるのは心だけじゃない。彼女の言動には僕の時間までもが乱されている。これが今月末までほぼ毎日続くと思うと、確かにちょっとは泣きたいくらいだ。

週に一、二回行くペースだったボルダリングジムに、僕は足繁《あししげ》く通うようになっていた。その都度森神さんがいるのだが、毎回そんな気はしているから特に疑問には思わない。そんな偶然も彼女の不思議の前では必然になり、毎回その日の出来事を彼女に話している僕は、ボルダリングをしに来ているのか、森神さんに会いに来ているのか、目的の区別が自分でも難しくなっていた。

「あの人はいつも急に来るんでね。今日も外出先から慌てて戻る羽目になったよ」

「相変わらず振り回されてるね。そのうち皿にされて回されるんじゃないのかい」

愚痴でしかない僕の悩みを、いつも適当に受け流す森神さんだからこそ安心して話せる。どうせイベントが終われば、弁天とは今度こそ顔を見なくて済むようになる。状況が改善してくれるなら、それに越したことはないのだが。今の僕が求めているのは問題の解決よりも、こうして話を聞いてくれる誰かなのだろう。

「今夜もまんまるだね」

そう言って見上げている欠けた月は、森神さんの目には満月に見えているのだろうか。

「極度の近視か乱視じゃないのか？」

否定もなく、肯定もなく、姿もない。森神さんが消えたように帰ってしまうのも毎度のことだった。

◆

すぐ連絡が取れるようにと、個人のケイタイ番号を弁天に教えたのは間違いだった。

「おはようございます神木さん。これからペンギン達に会いに行きますね」

「弁天さん。昨日もお伝えしましたが、本日は休みを頂いておりますので僕は水族館にはいませんよ。弁天さん？」

既に通話は切れていた。

時刻は午前九時半。遅番のコタツ君はまだ出勤していないし、開館前で忙しい井辺さんに頼むわけにもいかない。僕は朝から大きなため息をついた。もし今ここに森神さんがいたら「皿の方がマシだったね」などと言われたに違いない。読みかけの朝刊を畳み、上着を羽織った僕は仕方なく家を出た。


従業員出入口がある裏門扉で待つこと十五分。社員用駐車場にとまった一台の赤いミニバンから、弁天が颯爽《さっそう》と現れた。

「スーツじゃない神木さんも素敵ですね」

「私服ですいません。今日は休日なもので」

張り付けた笑顔と言葉に恨みを滲《にじ》ませるも、意に介さない弁天は「行きましょう」と微笑んだ。

来館者と一緒になってガラス越しにペンギンを見た後、スタッフジャンパーを羽織り、長靴に履き替えてバックヤードへ移動する。ネイルをしている弁天はビニール手袋をはめて、飼育員と一緒に小屋へ入るとペンギンの餌やりを見学した。

数分で帰る日もあれば一時間ほど居座る日もある彼女が、水族館を出たのは二時間を経過した昼過ぎだった。

「神木さん。水族館にお勤めだから、魚はお好きよね？」

駐車場まで見送り、車に乗り込もうとした弁天が不意に振り返る。

「そうですね。好きですよ。だから水族館で働いているわけではありませんが」

あなたが辞めた会社に入ろうとして失敗したからですが。

「良かった。それじゃ、乗ってください」

「……はい？」

ほら早く、と赤いミニバンの助手席に僕を押し込んで、弁天は運転席へ座る。

「どういうことですか弁天さんっ？」

「シートベルトをお忘れなく」

エンジンをかけた弁天が車を急発進させる。僕は慌ててシートベルトを引っ張り着用した。

「何処へ行くおつもりですか？」

「此処《ここ》ではない何処かですよ」

ふふふと微笑む横顔を覗く僕の顔から、張り付けていた笑顔が剝がれていく。

「弁天さん。これは拉致ですよ」

「キョエちゃんにも同じことを言われました」

「まさか、坂神さんをナンパしたって……。無理やり連れて行ったんですね」

「お静かにお願いしますね。運転に集中していないと道に迷いますから」

悪びれた様子は全くない。そんな彼女に連れてこられたのは、水族館からほど近い食堂だった。

「ペンギン達を見ていたら、私も魚が食べたくなったんです」

そう言って弁天はアジフライ定食を注文した。

「それならそうと言ってもらえれば」

そうしたら断って帰ることも出来たのだが。呆れながら、しかし丁度昼時で腹も空いていた僕は譲歩して天丼を注文する。

「……弁天さん。一つ、お聞きしてもいいでしょうか？」

「何でも聞いてください」

料理が運ばれてくるまでの時間を、楽しく世間話でもしながら埋める。折角の休日を潰された僕の表情筋にそんな余力はない。引きつっていた口角を下ろし、僕は真顔で問いかけた。

「あなたは、どうしてあれ程の有名企業を辞めてしまったんですか」

答えてくれるかどうかは別として、僕は彼女に会うたび胸に蓄積されていく疑問を少しでも吐き出したかっただけだった。

「あぁ。それはね……」

姿勢だけは礼儀正しい弁天は、端然と座したまま躊躇もせずに話し出した。返答が来るとは予想外だったが、まるで世間話でもするような気軽さで明かした理由もまた予想外なものだった。


帰宅しても何も手につかないでいた僕は、スポーツウェアをバッグに詰め込んで再び家を出た。沈んでいく陽を追いかけるように車を走らせる。ボルダリングジムへ向かうこの日の僕の目的は明確だ。

ジムに足を踏み入れた瞬間、張り詰めている緊張感に眉根を寄せる。室内に流れている洋楽がいつもよりはっきり聞こえるのは、雑談などの人の声が全くしないからだと、誰もいない受付前で気が付いた。

人がいないわけではない。中には二名のトレーナーと、複数の利用客がいる。その誰もが一つの壁を見上げていて、そこを一人の女の子が登っている。注目を浴びながら、天井のように大きく傾いた壁にしがみ付いているのは森神さんだ。

いつもとは違う時間帯でも、ここへ来れば森神さんに会える気がしていた。そしてやはりここにいた彼女は、誰もが固唾を呑《の》んで見守る中、紫色のカラーテープのホールドに足を掛けた。そこはフィジカルとメンタルが少しでも欠けていては攻略不可能とされている上級者コース。僕も吸い込まれるようにオーディエンスに混ざり、彼女に瞠目《どうもく》しながら集中力を妨げないよう息をひそめた。

手に汗を握り、どうしても緊張感を醸し出してしまう僕らだが、こちらとはまるで別次元にいる森神さんは楽し気で、踊るようにスムーズなムーブで登っていくと、あっという間に細い両手でゴールのホールドを摑んだ。

着地した森神さんは拍手喝采に応えながら、開いた口が塞がらないでいる僕に歩み寄り「ナイス！」と自画自賛してグータッチをする。

「全く、恐ろしい人だ。難関コース攻略おめでとう」

「そんなコースだったのかい。どうりでちょっと疲れたよ。攻略は、こーりゃぁ苦！てねっ」

周囲の興奮が寒いダジャレでクールダウンされていくが、ほんの二週間前は初心者コースすら登れなかった女の子が攻略できるようなコースではない。僕らはとんでもなく驚異的な奇跡を目の当たりにしたのだ。

「森神さん。君は一体何者なんだ？」

「あたいは神様だよ！　見た目は粋な淑女。でもその中身はっ！」

「……中身は？」

「ナカミは見事ナ神ってね！」

「そうか」

僕にも名前に神の字はあるが、今の彼女には申し分ない称号かもしれない。そんなことを思っていた僕は、彼女の渾身《こんしん》のダジャレをスルーしていた。

上級者コースにはまだ手が出せなくても、今日はなかなか調子がいい。一時間登り続けた後、帰宅準備を始めた森神さんに僕も慌てて着替える。素早く済ませて更衣室を出たのだが、既に森神さんは帰っていた。

今日は彼女と話したくて来たはずが、彼女が起こした奇跡の余韻にすっかり熱が入って壁と向き合っていたことを後悔しつつ、仕方なくジムを出て駐車場へ戻る。

「どこへ行くんだい。あんた、あたいに会いに来たんだろう？」

「うわっ。森神さん！」

そこには僕の車に背を預けて立っている森神さんがいた。

「家に帰るんだね。だったらあたいも一緒に行くよ」

そう言ってくしゃみをした森神さんをこのまま寒い外に立たせてはおけず、取《と》り敢《あ》えず車の中に入れて暖房をつけた。

「どうしてわかったのかな。確かに君と話したくて来たのは間違いないが。さすがに女の子を、一人暮らしの男の家に連れて行くわけにはいかないよ」

どこかで飯でもと誘う僕の話を最後まで聞かず、森神さんは「大丈夫」と胸を張る。

「淑女がダメだってんなら、こうすりゃいい！」

眉根を寄せる僕の横で森神さんは、長い黒髪を手櫛《てぐし》で梳《す》くように払った。刹那、彼女は消えた。

「…………ん？　は？　森神さん！」

「どこ見てんだい、このすっとこどっこい！　あたいならここだよ！」

慌てて森神さんを探す僕の目が、助手席の片隅にいる小動物の姿を捉える。いつの間に入り込んだのか。顔を近づけてよく見たそれは、いつか北海道《ほっかいどう》旅行で見たエゾリスにそっくりだった。それにしては小さい。成獣ではないのかもしれないが……。

「じろじろと見てんじゃないよ。それで拝んでるつもりなら罰が当たるよ」

「エゾリスが……森神さんの声で喋っているように見えるのは何故だ……」

助手席の後方を確認しても彼女の姿は何処にもない。

「ま、まさか君が森神さんだとか、言わないよな？」

「さっきも言ったじゃないのさ。あたいは神様だよ。森の神様さ」

喋るエゾリスは座席の背をすいすいと登り、シートベルトのタングプレートを摑んだ。そして引っ張りながら下りてくるとバックルに差し込み、腰を支える部分のベルトとシートの間に潜り込んで小さな身体を固定する。

「これで問題はないだろう。とっとと出しとくれ」

問題だらけなのだが。

僕は信じがたい現実から逃げ出すようにアクセルを踏み込んだ。

森神さんを自宅に招き、簡単な料理を振るまってから食後のコーヒーを出す。

「やっぱり丁寧にドリップしたコーヒーは違うねぇ」

コーヒーカップに顔を突っ込んでいるのは、エゾリスの森神さんだ。一見して溺れているようにも見えるが、ごきゅんごきゅんと喉を鳴らして飲んでいる。

「それで芸人の彼女は、会社を辞めた理由を何と言ったんだい？」

動物と話すと言うのは不思議な感覚だが、更に不思議なのはこのエゾリスが森神さんであると、妙に自分が納得していて今日の出来事を話していることだ。

「大道芸人になりたかったそうだ。どうしても」

僕が夢破れた企業を弁天が辞めた理由。転職してまで目指したのだから、それはそうだろうとここまでは想像出来る。しかし彼女の意気込みは想像以上だった。

「弁天さんは、とんでもないお嬢様なんだ」

自己中心性だが品を纏っている。そんな彼女の正体は、誰もが知っている有名ホテルグループ創業者である会長の孫。そして社長の一人娘だった。

「恵まれた環境で育った彼女は、全てを失う覚悟で大道芸人になったらしい」

ずっと夢みてきたから、大道芸人になる自分しか想像が出来なかったんです。どうしてもを叶えたくて。だから全てを手放しました。家も会社も、何もかも。私にはそうするしかなかったから。

注文したアジフライを心待ちにしながら気軽い態度でそう話した弁天。しかし、大きな犠牲を払うその覚悟はあまりに計り知れない。

「理由を知って、僕は奥底に積もっていたモヤモヤが溶けていくのを感じたんだ」

観客をあっという間に引き込んでしまうクオリティの高いパフォーマンス。そして一つのステージにかける妥協のない熱意。弁天の経歴ばかりに気を取られ、見落としていた彼女の本気を知った僕は、質問をしておきながら絶句してしまった。

「そうかい。良かったじゃないか。これでようやく、心置きなく好きな女を応援出来るってもんだ！」

「……コーヒーのお代わりはいかがかな」

コーヒーで濡《ぬ》れた顔をタオルで拭いてやる。

「あと十杯は飲みたいね。ところで話を勝手に終わらすんじゃないよ」

空になった二つのカップを手に、キッチンへ移動する僕の後ろを神様がついてくる。

「誤魔化そうったって、そうは問屋が卸さないよ。あたいは最初からわかってたさ。あんたの吐く息は恋をする人間のそれだからね」

「……神様はお見通しってわけか」

短い溜息を零した僕の身体をよじ登った神様が、降参して落とした肩に乗る。

「弁天さんのような自信に満《み》ち溢《あふ》れている人は、きっと誰の目から見ても魅力的な女性なんだろうな。俺も惹《ひ》かれたのは確かだよ」

とりわけ自信と言うものを持たない僕は、弁天の内側から放たれている輝きが西日のように眩しく目に痛かったのに、徐々に慣れてくると彼女の姿を目で追っている自分がいるのを自覚していて、その理由については好意以外に思い当たらないでいる。

「そんな気持ちを自ら減速させてるようだね。どうしてだい？　モヤモヤが晴れたところで、それじゃスッキリしないじゃないのさ」

「安全装置が働いているんだ。つまりは、そう言うことだよ」

正社員の谷城がアルバイトだった妹に手を出したことに憤慨していた手前、クライアントの僕が弁天に惚《ほ》れてはまずい。そう判断した僕が心にブレーキをかけている。

「まぁいいさ。ただし、彼女を応援したいってその気持ちまで止めるんじゃないよ」

「そうだな」

誤魔化しの効かない神様に観念して、すっかり素直な自分が出てきてしまっている。

僕は神様の言う通り、弁天を応援したいと望んでいる。クライアントとしてのサポートは勿論だが、相当の覚悟を持って夢の舞台に立ち続けている彼女という人間を、心から応援することくらいは許されるだろう。

「見てごらんよ。今夜もまんまるだ」

コーヒーをお代わりした森神さんは、僕に窓を開けさせるとベランダに出て、今日も夜空を見上げながらいつもの常套句《じょうとうく》を口にした。そして空のカップを下げた一瞬の隙に消えてしまう。欠けている月はそれでも奇麗で、寒くても見上げる価値はある。

◆

午後から遠出の仕事が入っているという弁天は、次の日も開館前に僕のスマホを鳴らして水族館へやってきた。

昨日までは単にペンギンと楽しく触れ合っているだけだと思っていた弁天が、それぞれ違うペンギン達の行動パターンをさりげなく観察していることに気付く。ペンギンコラボレーションショーまであと一週間。ショーの成功のためなら出来ることは全てやりたい。彼女のために尽力したい。

「これから車で三時間の移動なんです。そうだ神木さん。次のショーで予定している演目もやりますから観に来てください」

駐車場で見送る僕に、弁天が赤いミニバンの助手席側のドアを開ける。

「無理です」

彼女のためなら出来ることはやると決めた。しかし無理なものは無理だ。弁天は「残念」と言い捨ててドアを閉めた。

「運転お気をつけて」

「ええ。行ってきます」

「……頑張ってください」

なんてことないこの言葉が何故か照れくさくて、緩んでしまった口元を慌てて引き締める。「ありがとう」と微笑んだ弁天は颯爽と車に乗り込んで、勢いよく発進した。


通りかかった中庭に坂神さんの姿を見つけて声を掛けた。同じく弁天に拉致された経験がある坂神さんに僕は親近感を持ったが、彼女からすればコタツ君とは違い滅多に顔を合わせることのない男が寄って来たんだ。何事だろうと構えてしまうのも無理はない。

「弁天さんを見送ってきたところなんですよ。彼女とはお友達だと伺いました」

僕の言葉に肩の力を抜いた坂神さんが、弁天の友人だと言うのは間違いなさそうだ。

「今日は温泉街でお仕事らしいです。でも……。弁天さんは一人で行ったんでしょうか？」

「ええ。お一人で行かれましたよ」

「そうですか。最近、仲良くなった男性が手伝ってくれていると言っていたので、てっきり一緒だと思っていたんですけど。……長時間の運転、大丈夫かな。あ、あの弁天さんの運転は安全なんですけど、ちょっと荒い所もあって心配で」

「そ……うなんですね。でも大丈夫ですよ。僕が、お気をつけてと念を込めて送りましたから」

「はい。ありがとうございます」

頭を下げて作業に戻った坂神さんに背を向け、事務所へ戻る僕の足が無駄に速足になる。弁天の真意を知り、落ち着きを取り戻したはずの心が俄かにざわつき始めていた。

仲良くなった男性？

ボルダリングジムでは神がいると噂が広がり、森神さんを一目見ようと多くの人がやって来ていた。すぐ人に囲まれてしまう彼女とは一言も話せず、小一時間汗をかいてから一息ついた僕はジムを後にした。

駐車場には勿論のこと森神さんの姿はない。彼女と話せず残念に思う反面、安堵もしていた僕は、車に乗り込むと座席にぐったりと背中を預けた。次の瞬間「きゅえっ！」という小さな泣き声のようなものが至近距離から聞こえて、肩のあたりがわさっとした。

「急に凭《もた》れかかるんじゃないよ。潰されるかと思ってビビっちまったじゃないのさ！」

「うわっ。いたのか森神さん！」

僕の肩から飛び下りた、エゾリスの森神さんは昨日と同様にシートベルトで身体を固定して助手席に座った。

「まったくあんたって人はしょうがないね。生姜《しょうが》もなけりゃ茗荷《みょうが》もないね」

さっきまでジムで人に囲まれていた神が横にいる。瞬間移動でもしてきたのか。そうであっても然して驚きはしないが。

「あんな集中力に欠けた登り方して、気の抜けた息まで吐いちゃってさ。何をそんなに動揺してんだい？」

「話すよ。でもその前に何か食べないか。好きなものを奢《おご》るから」

呼吸をするだけで胸裏がバレてしまうのなら、生きている以上は隠したところで仕方ない。頭を抱えていた手でシートベルトを引き、ハンドルを握って、僕は車をゆっくりと発進させた。


いい店がある。そう言って森神さんが僕を誘導したのは、空き地でひっそりと屋台を出している蕎麦屋だった。人気もなく寂寥《せきりょう》としている屋台で、強面のおじさんが提供するのは掛け蕎麦のみ。しかしこれが目を見張る程の美味さだった。

「ごちそうさまでした。本当に美味かったですよ」

こんなに美味い蕎麦屋が近くにあったとは。有名店になっていてもおかしくはない味に満足し、店を後にして再び車に乗り込む。女の子の森神さんは、助手席に座った途端にエゾリスの姿に戻ってしまった。食後のデザートにと、おじさんから貰ったコーヒーゼリーを食べだす。

「零さないでくれよ」

「一片たりとも零しゃしないよ」

人間の姿でいる方が食べやすそうだが。

「君の森まで送ろうか、森の神様」

「あたいの森はとっくになくなっちまってるよ。あたいのいる場所が、あたいの居場所なんだ。とっとと車を出しとくれ」

大きなスプーンを巧みに使ってゼリーを食べる森神さんに、絶対に零さないようにと念押ししてから、自宅へ向かってアクセルを踏んだ。

「芸人の女に、仲のいい男性ねぇ。そいつは、あんたの知ってる人かい？」

僕は蕎麦屋で、坂神さんから聞いたことを森神さんに話していた。

「さぁ。弁天さんと仲の良い、もしくは仲が良さそうに見える男は沢山いるよ」

コタツ君や井辺さんだってそうだ。弁天は人との距離の置き方がおかしいところがある。たとえ初対面であっても、男女関係なく旧知の仲のように相手と距離を詰める。水族館スタッフは勿論、ペンギン担当飼育員の男全員が「最近仲良くなった男性」に見えるくらいだ。そんな彼女を拒絶する人間は、僕も含めていないわけだが。

「しかし坂神さんの言い方では、相手は水族館関係者ではないように思うな」

もしそうだとすれば、水族館に出入りする坂神さんなら誰かわかるはずだ。

「そんなに気になるんなら、本人に聞きゃいいじゃないのさ。明日も来るんだろ？」

「プライベートなことまで聞けないよ。そこに関しては、僕は部外者だから」

弁天からすればクライアントである僕に、プライベートを明かす必要は全くない。大道芸人になった経緯を話してくれたのは、彼女にとっては大きく括って仕事の一環と捉えたか、もしくは単なる気まぐれに過ぎなかったのだろう。

「何をツンツンしてんだい」

神様は小さな身体で、大きなコーヒーゼリーをあっという間に完食した。

「誰かを想う人間の心ってのは、まんまるなんだよ」

持て余したスプーンを振り回して宙に弧を描いている。

「坂を転がる球みたいに、一度相手に傾いちまったら心はコロコロと転がっていく。ちょっと尖《とが》って回転を止めたところで、傾いたまんまじゃそのまま滑り落ちていくだけさ」

今夜もまんまる。欠けた月を眺めながらいつも神様が口にしていたその言葉に、そう言うことかと合点《がてん》がいった僕は、こうしている間にもきっと滑り落ちているのだろう。何とか加速を抑えている僕の心のブレーキは、滑り止めまで付いた高性能なものではなかったようだ。

「どうしても惹かれちまうんだろ。彼女に傾いたその気持ち、戻せないってんなら行くしかないじゃないのさ。行けるところまでね」

「逆走は可能だろうか。コースアウトとか」

「出来るのかい？」

神様の言うまんまるな心が、逆走も離脱も拒んでいる。重力や引力にも背いて、気持ちにだけ従って転がることを望んでいる。

「……いや。無理だな」

首を振った僕は、観念して心に掛けていたブレーキを外した。抵抗も摩擦も存在しない、理性が律する思案の外へ放たれた「まんまる」が一直線に恋へと転がり落ちていくのがわかる。止めることはもう出来ない。

自宅マンションへ向かう車は一度も赤信号に捕まることなく進み続ける。今度、正月に実家へ戻る時は谷城にも土産を持って行こう。そんな虫のいいことを考えていた。

「ほら。見てごらんよ。きれいなお月さんだ」

自宅駐車場に着くと、神様が窓の外を指差した。僕は外に出て反対側へ回るとドアを開ける。空のゼリーカップが転がり、シートベルトが掛けられている助手席。そこに神様の姿はなかった。

「本当だ。真ん丸だな」

夜空を見上げる僕の目には、きれいな満月が映っている。

練習の神様

「あの日のことは忘れもしない。私は十一歳だった。家族で行った遊園地。そこで初めて大道芸を見たの」

スーベニールランドと言う名前の遊園地は、一度しか行ったことがないけれどよく覚えている。父と母の三人で思い出を作った、最初で最後の場所だから。

「ジェットコースターには、身長制限で乗れなくて」

保護者同伴であれば乗れる身長はあった。でも両親がそれを拒んだ。

「メリーゴーラウンドに乗ったわ」

両親に勧められて、馬のように上下はしない馬車に乗った。

「下りた時にスタッフに言われたの。もうすぐ面白いものが見られますよって。教えてもらった場所で待っていたら人が集まりだして、そこに一人の大道芸人が現れた」

広場に設置された簡易ステージ。きっと椅子に座って休憩したかっただけの両親と私は最前列にいた。

「ジャグリングなんて言葉も知らなかった。複数のリングやクラブが宙を舞う光景は、魔法だとしか思えなかったわ」

一輪車に乗りながら技を披露していくお兄さんに、私は釘付《くぎづ》けになった。世の中にはこんな人もいるのだと、多感な時期に受けた衝撃は大きかった。

「ジャグリングショーが終わると、拍手を送る母の隣で父が言ったの。すごかったなって。私は強く頷いたわ」

滅多に笑わない母を笑わせた。滅多に褒めない父を認めさせた。なんてすごい人だろう。なんて立派な仕事だろう。

「その時に決めたの。将来は大道芸人になろうって」

両親には言えなかった。私の将来を決めていいのは私ではなく、両親だったから。

隣に座って私の話に耳を傾けている男の子が、ニコニコ顔で頷いている。ライダーズジャケット、ダメージパンツ、ブーツ。全身を黒でコーディネートしている彼の印象は、高校か大学の仲間と組んでいるロックバンドのボーカルといったところ。

「そして私は、その夢を叶えた」

遊園地の翌日には両親に内緒で大道芸関連の書籍を手に入れた。道具は自作して密かに練習をしていた。

大人になって一度は決められた将来に従ったけれど、どうしても夢を諦め切れなかった私は両親を裏切った。

「パフォーマーが集まる大会に出場して入賞したのを機に、仕事が軌道に乗った」

少しずつではあるけれど仕事が増えるにつれて、同業者からの「顔で仕事を取っている新人」なんて陰口は減っていった。

「今月末には水族館で、ペンギンと一緒にパフォーマンスをするのよ。とっても楽しみで、本番が今から待ち遠しいの」

一昨日出演したイベントショーで、終えた途端に依頼された急な仕事だった。実力を認められた上でオファーを頂けるのは光栄なことだし、動物とコラボレーション出来るのは今後にとっても貴重な経験になるはず。

「こうしてベンチに並んでいると、あっしらもカップルに見えるでござんすかね」

真横から聞こえる、耳に心地良い低音ボイスに私はふふっと笑った。男の子はパリパリとポテトチップスを食べながら、目の前を通っていった高校生カップルをニコニコと目で追いかけている。

「勉強をサボっている学生と、そのお姉さんってところじゃないかしらね」

「暗くなってきやしたね。芸者の姉さんは、まだ練習を続けるんですかい？」

緑地公園の外灯が一斉に明かりを灯して、片隅にいる私達も人工的な淡い光に照らされる。

「ええ、もう少しやっていくわね」

パフォーマンスの評判から続投が決まった水族館でのステージを、両親にも観てもらいたい。意を決して実家の電話を鳴らした。家政婦から両親への取次ぎは叶わず、四年振りになる連絡は拒絶されてしまった。

観に来てくれそうな友達や恋人もいない。家を出て一人ぼっちになってから、孤独に苛《さいな》まれる度にもう一人の私が囁《ささや》く。私は間違えたのかもしれない、と。

技の練習に身が入らなくてベンチに座り込んでいた。そんな時、隣に座ってきたのがロックバンドの彼だった。

「では。あっしはこれで」

立ち上がった男の子を「待って」と呼び止める。

「私は弁天。名前を教えてくれる？　あなたとはきっとまた会えるわ。そんな気がするの」

「へい。では改めまして。あっしは鬼が住まう絶海の孤島の神でござんしたが、今は島から島への渡り神。島の神様と名乗っておりやす。以後お見知りおきを」

「あら。神様なのね。お会いできて光栄だわ」

キャラクター設定が徹底されている。わりと本格的に活動しているバンドなのかもしれない。知らないけれど、面白い神様と過ごした数分間は良い気分転換になって、落ち込んでいた気分もすっかり持ち直した。

いつも練習に来ているこの公園で、神様に会ったのはこれが初めて。どこで何をしているのかも知らない人、いえ神様だけれど。また会える気がしているのは、また会ってお話がしたいと私が望んでいるからだろう。こんなに面白い神様なら毎日だって会いたいぐらい。

ニコニコと去っていく神様に手を振って、私も立ち上がると練習を再開した。どんなジャンルの技でも、しなやかな動きで華麗に決めるのが私の持味。音楽に合わせて踊るように演技をするのが私の特色。幼い頃に習っていたバレエや日本舞踊がここで活きている。

今までやってきたことは全て無駄だった。両親の猛反対を押し切って、大道芸人になるために家を出る決意をした私に母が放った一言。そんなことはないと言える日が、きっと来ると信じている。あの日のように私のパフォーマンスで母が笑い、父が認めてくれる日を夢見ている。大道芸人弁天は、まだ夢の途中にいる。

五つのボールを交互に投げていると、犬の散歩に通りかかったおばあさんが拍手をしてくれた。全部をキャッチして丁寧にお辞儀をする。

私はどうしたって寂しがりで、孤独を感じる度に落ち込んでしまう。でも必ず立ち直ってきた。家族や友人、恋人と過ごしていた時間は完全に失ったけれど、一人ぼっちでも今の私は、昔の私よりも幸せを感じられる。子供の頃から見てきた夢を自力で叶えた誇りは、何ものにも代えられない。

◆

十一歳。それまで自分の将来なんて考えもしなかった。私の未来は私の親が決めるものだから、夢を持つなんて概念すらなかった。

なりたい自分に私はなれないのだと、大道芸を知ってから気付いた私は、初めて親が

進学や就職、友人や恋人だって親が決めた。自分が選んだ人との交流や交際は一切認められない。着る服ぐらいは選べたけれど、母が指定したショップ以外の買い物は禁止されていた。

決められた生活が普通じゃないことは分かっていた。でも両親が決して意地悪ではなく私のために決めているのだということも分かっていた。だから一度も、直接的には抗わなかった。

隠れてやっていた大道芸の練習は何よりも楽しい時間だった。失敗ばかりで悔しい

思いをしても、痛めた手で我慢しながら先生の前でピアノを弾いても、それでも心は満たされていた。誰にも言えない練習の時間は、自分で選んだ私だけの時間で、私が自分を生きていると実感できた唯一の時間だった。


「広い家で窮屈してたんでござんすね」

ベンチに座っている神様が、空高く飛ばしたディアボロの駒を目で追う。

「そうね。家を出て初めて、自分の家の大きさを知ったわ」

狙った位置に落ちてきた駒を、一回転してキャッチする。私が今暮らしている2DKのアパートでは練習が出来ないから、今日もこうして公園に来ている。

また会える気はしていたけれど、昨日会ったばかりの神様と、昨日とは違う時間帯で会えるとは思っていなかった。平日の午前中に現れた神様は、今日もロックな恰好でポテトチップスを食べている。

「神様ってすごいのね。今まで誰にも出来なかった話が、こんなにも自然に出来てしまうなんて」

家を出た私は生きていくために社交的になったけれど、誰にも話せず親にも隠してずっと内に秘めてきた弁天になるまでの過程を、出会ったばかりの神を名乗る男の子に話してしまうなんて。内心とても驚いている。

「どんなことも言葉にして吐き出させる、霊妙自在な力でもあるのかしら」

「あっしは何もしちゃおりやせん。話すかどうかは、芸者の姉さんの意思でござんす」

聞かれたから話しているわけじゃない。なのに呼吸をするのと同じくらい無意識に、気が付けば私は神様に身の上話をしていた。

「どんな道具も自在に操る芸者の姉さんこそ、一体どんな力を使っているんですかい？　妖術ですかい？」

「私が妖怪に見える？　それもいいわね。でも残念、私は人間だから沢山練習をしたのよ。今もね」

母は専業主婦で家にいることが多かったし、広い庭があっても人目や防犯カメラがあるから自室で練習を重ねて、習得すると遠い街まで行ってストリートパフォーマンスをした。

「プロとしての活動はまだ二年。でも中学生の頃から人前でパフォーマンスをしていたから場数は踏んでるわ」

父の出張に、母とついて行くことが多かった私は、十四歳の時に図書館で勉強をすると言って宿泊先を一人で出た。嘘はついていない。図書館で勉強をした後、私は近くの公園で初めて路上パフォーマンスをした。

観客は、犬の散歩中だった二人のご夫婦。緊張していてミスを繰り返したけれど、二人は最後まで観てくれて、拍手までしてくれた。

「初めてのお客さんが帰った後。温かな拍手が嬉しかったのと、優しいお二人に完璧な演技を見せられなかった悔しさで、私は一人で泣いていたわ。今座っている、このベンチでね」

「この公園が、初めてのステージだったんでござんすね」

その後も父の出張について行っては両親に黙って、色んな場所で路上パフォーマンスをしてきた。ここで流したあの日の涙をいつも心に留めて。

「この場所は大好きよ。一番純粋に夢だけを見ていた、あの日の私を思い出せるから」

いくら夢を見て遠い未来に思いを馳《は》せても、現実はすぐに追いかけてくる。親の言う通りに就職をした私は、それでもやっぱり諦めきれなかった。

「当然反対されるから、両親には黙って会社を辞めたの。大道芸人になることを何とか許してもらえないかしらと必死に説得し続けて、何を言っても無駄だとわかって家を出たわ」

「許してもらうには、この道で成功するしかない。そう考えたんでござんすね」

「その通りよ。この道が誤りではないと証明できるのは、自分の可能性を信じている私だけだもの。でも行く当てもなくて心細かった私は、あの頃の自分に会いたくてここへ来たの」

家を出た途端に縁が切れてしまった友人や恋人、そして両親がいる東京を離れて四年目。帰ったことも、誰かから連絡が来たことも、一度もない。

「夢の原点だったあの遊園地には、もう一度だけ行ってみたいな。あら、もうこんな時間。少しお話が過ぎたみたいね」

慌てて道具を大きなバッグへ詰め込むと、神様もベンチから立ち上がる。

「あっしが車まで運びやしょう」

空になったポテトチップスの袋を畳んで、ジャケットのポケットに押し込む。ゴミを持ち帰るところは素敵だけど。

「ありがとう。手を拭いてくれたらもっと助かるわ」

指についた塩を舐《な》めているその手で、大事な商売道具を触ろうとするのは褒められない。差し出したハンカチを「へい」と受け取って手を拭いた神様は、バッグを担いで私を車までエスコートする。

ように見せかけているけれど。

「……ひょっとして犬が怖い？」

へっぴり腰の神様は散歩中の犬が近づいてくると、犬側へ誘導した私を壁にしてビクビクと隠れながら歩いている。

「あなた、鬼が住む島にいた神様なのよね？」

「あっしは吠《ほ》えない鬼の方が好きでござんす」

擦れ違いざま小型犬にキャンと吠えられて悲鳴を上げた神様と、駐車場で別れた私は水族館へ向かった。

◆

水族館でペンギンとのコラボレーションショーを企画、担当しているのは広報部の神木さんと小宮さん。小宮さんはコタツ君の愛称で知られていて、その愛嬌《あいきょう》のある笑顔がペンギンに負けないくらいの人気者。

そんなコタツ君が慕っている上司の神木さんは、いつも身嗜《みだしな》みがきちっとしていて笑顔も紳士的。私は素敵な人だと思っているけれど、神木さんは私のことが苦手なんだと初日で直感した。

「あなたは、どうしてあれ程の有名企業を辞めてしまったんですか」

私には一切興味がない。そう思っていた神木さんが、初めて仕事には関係のない質問を私にしてきた時には驚いた。

「あぁ。それはね……」

どうして大道芸人になったのか。そう尋ねられた時にはいつも「天に導かれたから」と答えるようにしている。でも神木さんの目は興味本位で聞いているようには見えなかった。

「大道芸人になりたかったんです。どうしても」

お昼時に神木さんを連れて入った食堂。食べたくなって注文したアジフライを待ちながら、私は正直にそう答えた。神様に向かって素直に打ち明けていなかったら、きっと彼に話してはいなかった。親を裏切った悪い娘。心の底で私をそう思っている自分が、誰にも言えないと固く閉ざしていた蓋は神の手によって少し緩んでいた。

「弁天と言うのは、七人の生徒会の中で唯一の女子生徒だった高校時代の、陰で呼ばれていた私のあだ名だったたってことまで話してしまったわ」

「そうだったんですかい」

神様が投げた皿を、棒でキャッチしてそのまま回す。

神木さんと食事を終えた足で公園へ向かい、練習を始めたところで今日も神様がやって来た。

「昔から、良くも悪くも私の周囲には人が集まるのよ。その中で明らかに私を避けようとしている神木さんは目立つから、どんな人なのか興味を持っていたの」

二人の食事代は、経費で落ちるという神木さんが出した。いつもお世話になっているから一度くらいご馳走したいという目論見《もくろみ》は失敗してしまった。

「全く予想外だったけれど、話せてよかったわ」

会社を辞めたと報告した時、友人や恋人は目を点にしていた。驚き、呆れ、蔑み、色んな色を浮かべてから、やがてその目は私を映さなくなった。

私の話を聞く神木さんの目も驚いたように丸くなって、それでも彼は話し終える最後までまっすぐに私を見ていた。彼の質問の意図はわからない。でも私の答えは少なくとも神木さんの意に反してはいなかったようだと、私を映す目の奥が和らいだのを見て感じた。

二枚、三枚と神様が投げてよこす皿を、棒でキャッチして回す。

「上手ね神様。私と息もピッタリ。パートナーにならない？」

「あっしと夫婦にですかい？　わかりました。頼みは断りづらい性分でござんす」

ニコニコ顔のまま神様が頷く。

「私と結婚する気？　それもいいわね。でも残念。そう言う意味じゃないの」

回していた皿を、今度は私が神様に投げる。見事両手でキャッチした神様の皿に、ポテトチップスを一袋乗せた。

「練習に付き合ってくれたお礼。また会える気はしていたから、公園に来る前に買っておいたの。期間限定のり増量中のり塩味。ちゃんと手は拭くこと」

「へい！」

一緒にポケットティッシュも渡す。パリパリと小気味いい音を立てて食べる神様の横で、回していた最後の皿を投げて、手を伸ばす。

「あら、ごめんなさい」

キャッチし損ねて落とした皿が、神様の頭に乗っかった。

「最近ちょっとしたミスが多くて。スランプかしらね」

「それは大変でござんすね。ところでトランプって何ですかい？」

「トランプを知らないの？　これよ」

道具の入ったバッグから、簡単な手品に使うトランプを取り出してみせる。

「芸者の姉さんはジョーカーなんですかい？」

「ジョーカーは知ってるのね。でも私はトランプじゃないわ。スランプよ」

仕事は順調でも、絶縁状態のままでいる両親が気掛かりで集中が途切れてしまうことが最近多くなった。

「一時的な気力の衰え。でも大丈夫。共演者のペンギン達に毎日挨拶をして、気を引き締めているから」

決して強くない私は、いつかこうなることも覚悟して家を出ているから今更焦りはしない。今は自分を信じるしかない。

「明日は午後から別の仕事があるの。水族館には朝から行かなくちゃ。私はそろそろ帰るわね」

「そうですかい。では車までお供しましょう」

のり塩塗れの手をティッシュで拭いた神様が、私のバッグを持ち上げる。

「ふふ。お願いするわね」

笑顔を崩さない神様。その視線の先に散歩中の犬を見つけた私も笑う。

◆

　ペンギン達に挨拶をして水族館を出る。練習をしているいつもの公園前に差し掛かった時、こちらに向かって手を振る神様に気が付いて車を止めた。

「こんにちは神様。私はこれから仕事なの」

「その旅お供するでござんす」

「それは楽しそうね。でも残念、行き先はライブハウスじゃないのよ。ここから三時間もかかる温泉街に、男の子を連れては行けないわ」

　もし神様が未成年なら、本人の同意があっても罪になってしまう。

「ダメなんですかい。これならどうですかい？」

　そう言うと助手席に乗り込んできた神様は、今日も笑顔のその頬に自分の両手を押し当てた。何かしらと覗き込んだ次の瞬間、神様は忽然と姿を消してしまった。

「…………ねぇ、あなた。神様を知らない？」

　神様が消えた助手席に問い掛ける。そこには、いつの間にか連れてきた覚えのない、見たこともない動物が座っていた。

「神様ですかい？　それなら、あっしでござんす」

「あら。そうなの？」

ニコニコと笑っているような顔は確かに神様に似ている。どうして動物が人の言葉を話しているのかはわからないけれど、その声は間違いなく神様だ。

「芸者の姉さんは肝が据わってますね。普通なら驚くところでござんすよ」

「驚いてるわ。悲鳴を上げる暇もないくらい。でも動物は好きよ。……カピバラの赤ちゃん、ではないわよね？」

「へい。クアッカワラビーってのに似ていると、よく言われるでござんす」

スマホで検索すると、神様と同じにっこり笑顔の動物画像が出てきた。

「そうね。似ていると言うより、まんまよね。あなたはクアッカワラビー。別名クオッカと呼ばれる有袋類だそうよ」

「動物ではござんせん。あっしは神様でござんす」

「あら、大変。日本にはいない動物なんですって」

「動物ではござんせん。あっしは神様でござんす」

「わかったわ。世の中には色んな人がいるから、色んな神様がいても不思議じゃないわよね。本当に面白い」

「これならお供出来ますかい？」

「勿論よ。ついていらっしゃい。実は運転にはあまり自信がなくて心細かったの」

「そうなんですかい。あっしらは無事に辿り着けますかい？」

「大丈夫。神の御加護があるんだもの。もう無事に着いたも同然ね」

「へい」

笑いながら涙を流している神様が、ひじ掛けにしがみ付いたのを確認してアクセルを踏み込んだ。


ドライブを始めて一時間が経過すると、ようやく神様の涙は止まった。

「一事は覚悟しやしたが、なかなかの安全運転でござんすね」

「友達にも同じことを言われたわ」

「ところで芸者の姉さん。いいことがありましたね？　神木の旦那と何があったんでござんすか？」

「まぁ。よくわかったわね。相手まで」

「神様でござんすから」

「神様、怒らないから本当のことを言ってちょうだいね」

「そう言う人は大抵、本当のことを言うと怒るでござんす」

「もしかして私のこと、つけていたんじゃないかしら？」

「そんなことしなくてもわかりますよ。あっしは神様でござんすから」

「本当は？」

「勘でござんす。神様の勘でござんす。本当ですから前を向いて下さい！」

絶叫するクアッカワラビーが私の腕にしがみ付く。正直な神様が落ち着くまで少し待ってから、私はここに来る前に水族館で神木さんに会ったことを話した。

「一緒に観に来るようにお誘いしたけれど、フラれちゃったわ」

「仕事を放棄して温泉街まで女について行くような男はダメでござんすよ」

人であることを放棄してついてきた神様は、私の腕にしがみ付いたままでいる。

「その後、見送ってくれた神木さんが言ったの。頑張ってくださいって」

今まで大道芸人弁天に声援を送ってくれた人は沢山いたけれど、神木さんの「頑張れ」は、大道芸人弁天であり続ける私を応援してくれているように聞こえた。

「たった一言だけど、それがとても嬉しくて。今日の仕事も頑張れそうよ」

神木さんはきっと今も私のことが苦手。私は神様ではないけれど、この勘は当たっているだろう。それでも彼の一言が私のやる気を押し上げてくれたのは間違いない。

腕についた神の御加護で、私達は無事に目的地へ到着。ミスもなく観客を盛り上げて、ペンギンショーで演技する予定でいる技も成功させた。

雨が降る日も、風が吹く日も。私は一日も欠かさず毎日水族館へ通い、仕事へ出掛け、公園で練習をした。私がいつ来るのかも勘でわかるという神様も、公園には毎日必ずやって来て練習に付き合ってくれた。

クアッカワラビーの姿でいるのは、犬の気配がしてもすぐ私の腕にしがみ付けるようにするためらしい。動物でいても毎日飽きずにポテトチップスをパリパリパリパリ。何度注意しても指をペロペロ。そんな神様でも、そばにいてくれたお陰で孤独を忘れて集中し、以前のようなミスはしなくなった。

「芸者の姉さん。グランプリは脱したようでござんすね」

「大賞は逃したくないけど、スランプは逃げていったわ」

「明日のペンギンショー、楽しみでござんすね。ペロッ」

「あら、犬が来たわね。その手で私に触ったら回すから」

回転しながら飛んでいくディアボロの駒を追うように、神様は飛ぶような勢いで木によじ登っていった。

持っていた着物は全てジャケットやスカートなどの洋服に作り変えている。大道芸人弁天の衣装はどれも世界に一つしかない一点もの。

「今日の衣装も素敵ですね。弁天さん！」

「ありがとうコタツ君。頑張りましょうね」

控室の窓から見える、うみとも水族館の駐車場はまもなく満車になりそうだ。

「既に沢山の来館者があります。今日と明日の二日間、よろしくお願いします」

「任せてください神木さん。最後のペンギン散歩ショー、きっと盛り上げますから」

今や大人気のペンギン&コタツ君とコラボレーションするショーは午後一時から、中庭にある屋外ステージで開催される。

「まだ少し時間がありますね。外へ出てもいいかしら？」

「練習ですか？　それなら従業員出入口の奥にあるスペースがいいですね。時間になりましたら僕が呼びに行きますので、それまで自由に使ってください」

それぞれ準備がある神木さんとコタツ君は先に控室を出ていった。

ずっと楽しみにしていたショーを前に高揚している反面、緊張もしている。実を言えば子供の頃から人前に出るのは得意じゃない。何でも堂々とやってのける子だと周囲には評価されていたけれど、心はいつも逃げ出したいと弱音を吐いていた。

でも今は違う。緊張はしても、一度ステージに立てば弁天でいられる喜びを噛《か》み締《し》めながら、人を笑顔にする楽しさで私は踊る。自分で決めた人生を私は生きているんだと心に刻む。

今日も必ず成功させる。道具を手に私も控室を出ようとしたその時。誰もいない静かな室内に着信音が流れて、バッグからスマホを取り出した。

「え……？」

画面に表示された発信者に私は息を呑んだ。

「……はい」

微かに震える手で画面をタップして、スマホを耳に押し当てる。

『――さん。わたしです……』

知っている声が、不穏な響きを含んで私の名前を呼んだ。

「弁天さん、そろそろ時間ですのでスタンバイお願いします」

神木さんに呼ばれて、回していたフープを止めた。

「ええ。行きましょう」

「……何だかさっきより、顔色が悪いようですが？」

いつもは距離を詰めると困った表情を浮かべる神木さんが、珍しく私の顔を覗き込んでくる。

「大丈夫。少し緊張しているだけです」

「そうですか。これ、坂神さんから預かってきました。差し入れだそうです」

「ありがとうございます。助かるわ。今日は冷えるから」

中庭のステージへ移動しながら、私は唯一友達と呼べる女の子から貰ったカイロを胸に押し当てた。

『――さん。わたしです。……奥様が、倒れました』

胸の奥に突き刺さったままでいる家政婦の言葉。その痛みを少しでも和らげようとして温めても、熱は届かずに心は成す術もなく凍えていくようで、カイロを握りしめる手は震えが止まらない。

中庭には、今季最後のペンギン散歩を見ようと多くの人達が集まっている。時間になってステージにコタツ君が登場すると声援があがる。

コタツ君の紹介で登場した私は、温かな拍手にシャボン玉芸で応えた。二つの棒に繋いだ小さな輪っかを連鎖させたロープと、バレエのピルエットで鍛えた回転技を使い、ステージ上からお客さんに向けて大量のシャボン玉を飛ばす。子供達はキャッキャと飛び跳ねて喜び、スマホを手に空いっぱいのシャボン玉写真を撮る大人達も目を輝かせている。出だしは順調だ。

次にポケットから取り出した、白、黒、黄、三色の長細い風船を膨らませて、ねじりながら組み合わせてペンギンを作る。コタツ君が「これから散歩するペンギンは、何ペンギン？」とクイズを出して「ケープペンギン！」と答えた男の子にそれをプレゼントした。

もう一度風船を膨らませ、また何かを作ると見せかけて割る。次の瞬間、風船がスティックに早変わり。スティックを回しながら音楽に乗ってダンスをすると手拍子を打つ観客。

みんなの笑顔にホッとしたのもつかの間。最前列にいた一組の家族に目が留まると、突き刺すような胸の痛みが激しくなった。

十歳くらいの女の子と、両親の三人家族。ただの息抜きでしかなかった私の両親は覚えていない、けれど私にはとても大切な遊園地の思い出。初めて大道芸を見たあの日の私が、目の前の女の子と重なって見えたその時、手を滑らせてスティックを落としてしまう。

慌てて拾ってくれたコタツ君にウィンクすると、照れるアドリブをしたコタツ君に観客が笑い、私のミスは彼のお陰で演出のように受け流された。

ところが動揺は収まるどころか、ミスを引き金に大きくなった。得意のディアボロで駒をキャッチし損ねる。人前ではしたことがない初歩的なミス。私は披露する予定でいた大技を、急遽《きゆうきよ》ボールジャグリングに切り替えた。

今まで人前で失敗した経験は何度もある。失敗を恐れていたらこんな仕事は出来ない。失敗をバネにしてステージを盛り上げる術だってある。なのに私は恐怖に縛られていた。

弁天を唯一人信じていたはずの私が、自分を信じられなくなっていた。

最後のフープ芸も予定を変更して、回す数を減らした。神に祈る思いで震える手足を何とか動かし、フープダンスの演技はノーミスで終えた。

「さぁ、散歩の時間ですよ。みんな出ておいで!」

手首で回していたフープを止めた。ステージ上に立てるように両手で支えて、立膝で構える。そこへ登場したペンギン達が、フープのトンネルをぴょんぴょんと潜《くぐ》り抜《ぬ》けていく。間近で見られる可愛いペンギンの姿に歓声があがり、フープを無視してトンネルの横をすり抜けるペンギンと、それを慌てて追いかけるコタツ君に大爆笑。

ステージから中庭を囲むように伸びているゲート前でペンギン達が待機している。あとは私が先頭に立って、彼らとお散歩をする手筈《てはず》。ところが、ゲートへ移動しようとした私は、舞台袖から出てきた神木さんに制止される。

「それでは、ここからはペンギン達の散歩ショーになります。皆様、華麗な演技を披露してくれた弁天に今一度拍手をお願いします」

マイクを握った神木さんの言葉に観客からあがる拍手の中で、私は笑顔で両手を広げると膝を曲げて深くお辞儀をしてから、神木さんと一緒に舞台裏に引っ込んだ。

首を傾げる私の肩に、神木さんがスタッフジャンパーを掛ける。

「弁天さん。やはり今日のあなたは顔色が優れない。調子が悪いのではありませんか？　僕の判断で予定を急遽変更させていただきました。後はコタツ君に任せてください」

舞台を覗き込むと、インカムで既に指示を受けているというコタツ君が、私に向かって目配せをする。

「充分盛り上げていただきましたから、今日はもう休んでください」

「……承知しました。ご心配をおかけして、すいません」

こんなのは私の仕事じゃない。神木さんが許してくれても、誰かを不安にさせるようなステージにしてしまった自分が許せなくて情けない。私は神木さんに頭を下げると、控室へ戻った。


鍵をかけた部屋の隅で着替えて、脱いだ衣装を丁寧に畳む。まだ夢を知らなかった頃に、母から譲り受けたものを仕立て直して着ていた着物で作ったスカートは、どんなに動いても型崩れしない、丈夫で華やかで一番のお気に入り。

「やっぱり私は、間違えたのかもしれないわね」

孤独に苛まれる度に、心の奥のもう一人の自分が呟いていた言葉を、私は初めて自分の口から零した。

「何を間違えたんですかい？　芸者の姉さん」

私しかいないはずの部屋で、不意に聞こえた声に振り返る。そこには、一匹のクアッカワラビーが椅子に座っていた。

「いやだわ神様。いつの間に？」

「へい。芸者の姉さんに呼ばれた気がして来てみたでござんすが、あっしが間違えたんですかい？」

窓がほんの少し開いているのに気が付いた。窓を閉めた私は、神様の横に座って首を左右に振った。

「いいえ。きっと私は、神様を呼んだのでしょうね」

「顔色が悪いようで。医者と間違えて呼んだんですかい？」

「お医者様が必要なのは、私じゃない」

引き寄せたバッグから取り出したスマホに目を落とす。あれから着信やメッセージを受信した通知はない。

「母が倒れたの」

「一大事じゃございませんか。見舞いに行かなくていいんですかい？」

「ええ。行ったところで、家には入れてもらえないでしょうから」

母が倒れたのは一昨日のことだった。両親から、娘には連絡しないように言われていた家政婦は、悩んだ末に今日、私のスマホを鳴らした。母の容態は、今は安定していて自宅で療養中だと言う。

「大道芸人を辞めるまで帰ってこないように言われているわ。家を出ていった一人娘は、一度の帰省だって許されないの」

実家の鍵は持っていない。認めてもらうまでは帰らない覚悟でいたから置いて来た。私なら出来ると信じていた。

「親に何かあっても、会いに行くことも出来ない。本当にそれでいいのかって考えた時、私は弁天を続けていけないかもしれないと、初めて自分を疑ったわ」

そして実際、とても成功とはいえないミスばかりのショーをしてしまった。お客さんは喜んでいたかもしれない。けれど神木さんを不安にさせて、コタツ君にも迷惑をかけてしまった。

「自分を信じるって、容易《たやす》くはないわね」

「信じることは、委ねることでござんすから」

バッグにスマホを戻した腕に、神様がしがみ付いた。

「人に任せるより、自分で背負う方が重たいに決まっているでござんす」

神様は軽いけれど、何もかもを犠牲にしてまで背負い込んだ夢の重さを初めて知った気がする今、私はその重さに耐えかねて潰れそうになっているのを自覚する。覚悟はしていたはずだった。けれどそれは結局つもりでしかなかった。覚悟だなんて、簡単に口にしていいものじゃなかった。

「安心してください。芸者の姉さん」

「……神様が私を救ってくれるの？」

私を見上げる神様は、ニッコリ笑顔で頷いた。

「あっしは何も出来ません」

「今の笑顔は何だったの？」

元からこういう顔でござんす。そう言って神様は更に笑う。

「この道を決めたのは、他の誰でもない芸者の姉さんじゃござんせんか。突き進むのも引き返すのも、決めるのは誰かじゃない。芸者の姉さんが決めていいんですよ」

救うようで丸投げの神様が可笑《おか》しくて、私は吹き出した。

そこで思い出す。私が決めてもいいなんて、そんな選択肢はそもそも私には贅沢品だったはずだ。

「でも、迷っている芸者の姉さんに、引き返す道があるとは思えませんが」

「同感ね」

即座に頷く。

「選択肢なんて、あるようで無いも同然だもの」

自分の未来を決める権利を捥《も》ぎ取《と》った時点で、確固たる択一をした私にこれ以上の選択は贅沢が過ぎてただの我儘《わがまま》だ。

「大道芸人を辞めると言う選択は」

「無いわ。今の私には」

辞める道も、未来にはあるかもしれない。でもそれは、もっと先を歩んでいる迷いのない私の前に開かれるものだろう。今の私の前に、その道はない。

「今日の私は立ち止まってしまった。神様。明日の私は、大丈夫かしら……」

諦めるつもりがない私は進むしかない。わかってはいても、自分を信じることはやっぱり簡単じゃない。神様は、腕にしがみ付いたまま笑っている。

「……待って」

神の言葉を待つ私の耳が、廊下を歩く足音を拾った。

「誰か来るわ。隠れて」

トントン。ドアがノックされると、私は咄嗟に神様をバッグの中へ押し込んだ。ロックを解除して開けたドアから、神木さんが顔を出す。

「お疲れ様です。大丈夫ですか？」

「はい。お陰様で良くなりました」

「明日もありますし、今日は僕がご自宅まで送ります」

「い、いえ。そこまでしていただくのは申し訳ないわ」

神様が一緒だから大丈夫です。とは言えない。神木さんは一瞬、困惑の表情を浮かべた。きっと、私が珍しく遠慮していると思って驚いたのだろうけど。そうじゃない。

「館長からの指示なので、遠慮はいりません。荷物を運びましょう」

「ありがとうございます神木さん。でも自分で帰れますので、ここで失礼しますね！」

慌てて神様入りバッグの前に立ちはだかる私に、神木さんは少し間を置いてから
「そうですか」と引き下がる。

「では。お気をつけてお帰り下さい。明日もよろしくお願いします」

初めて出会った頃に比べたら、神木さんの笑顔は幾分か優しくなった。

「こちらこそ。よろしくお願いします」

微笑み返して会釈をし、道具や衣装が入ったトランクケースを引き、バッグを肩にかけて部屋を出る。

「あの、弁天さんっ」

背後から、俄かに緊張を帯びた神木さんの声に呼び止められる。私は反射的に、ぎゅっとバッグの口を摑んで閉じた。不自然に膨らんでいるバッグは、私の目から見た

って怪しい。館内への動物の持ち込みは、関係者であっても禁止されている。もし神様が見つかってもペット扱いは出来ない。縫いぐるみで押し通せる？　神木さんは神を信じる人？　色んなことを一瞬で考えながら振り返る。もし見つかっても何とか誤魔化せそうな算段を探す。

「入館許可証の返却をお願いできますか」

「……そうでしたね。お返しします」

考え過ぎだった。密かにホッとしながら、コートに付けていた許可証を外して返す。

「ありがとうございます。それから……」

「まだ何か、忘れていたかしら？」

平静を装いながら、私は神に祈った。お願いだから人間になって出て来ないでね。神様の分まで許可証はないから。

「もし、違っていたらすいません」

違うの神木さん。これは神様なの。本当のことを言えたらいいのだけれど、どう見ても今の神様はクアッカワラビーでしかない。神木さんは意を決したように、バッグへ落としていた視線を上げた。

「あなたなら大丈夫です。明日は、もっとうまくいきます。僕は、信じています」

「…………」

全く予期していなかった言葉が耳に飛び込んできて、目を瞬《まばた》く。そんな私を見た瞬間、神木さんは真っ赤になった顔で目を逸らした。

「あ……いや、落ち込んでいるように見えたので……。見当違いでしたら今のは忘れてください」

カッコつけようとしたらスベりました。まるでそう言わんばかりに引きつった笑顔で誤魔化すようにして、頭を下げると神木さんは部屋へ戻っていった。

車に荷物を詰め込む私の腕に、バッグから出てきた神様がしがみ付く。周囲に犬はいないのだけれど、どうやら私の腕は居心地が良いみたい。そのまま運転席に座る。

「今の人が神木の旦那ですかい」

「そうよ。……急にあんなことを言われて驚いたものだから、何も返事が出来なかったわ」

神様が見つからずに済んで撫でおろした胸に、耳に残っている神木さんの言葉を落とし込む。じんわりと温かいものが広がって、カイロの熱も届かなかった傷の痛みが和らいでいくのを感じる。

「見当違いでは、ござんせんでしたね」

「大丈夫だって言ってくれた。どうしてかしらね。その一言で、私は本当に大丈夫な気がするの。単純よね」

大丈夫。今まで何度もそう自分に言い聞かせてきたのに、自分を信じられなくなって、誰かに言ってもらいたかったその言葉をまさか、私を信じているという神木さんが言ってくれるなんて思いもしなかった。

「ねぇ神様。あれは社交辞令？」

「あっしは、そうは思いやせん」

「うん。私も、そうは思えなかった」

あの時の神木さんは、いつかこの駐車場で私に「頑張って」と言ってくれた時と同じ顔をしていた。普段は滅多に見せない、本来の彼を垣間見《かいまみ》れる素顔。

『あなたなら大丈夫』私の目をまっすぐに見つめてそう言ってくれたあの人は、大道芸人弁天ではなく、中身の私を信じて励ましてくれたように思えた。

「これまで、私のしていることは間違っていると反対する人は沢山いたけれど、大丈夫だと肯定してくれた人は、神木さんが初めてよ」

私という人間を、心から応援してくれた人は初めてだった。もしこれが思い違いで、一人で舞い上がっているだけだとしてもかまわない。神木さんの「大丈夫」の一言で明日も、これからも頑張れる。そう思えるこの気持ちだけは、間違いなく私に正しい。

「どんな神通力《じんずうりき》も、惚れた男の一言にはかなわないでござんす」

ニコニコと私を見上げている神様に首を傾げる。

「私が、神木さんのことを好きだって言うの？」

「あっしは、そう思いやす」

仕事を辞めた経緯を話してからというもの、時折見せてくれるようになった神木さんの優しさに、弁天ではなく本来の私の顔を見せていた自分に気が付く。

「そうね。私も、そう思う」

シートベルトを締めてエンジンをかけた。

「帰りましょう。うちにいらっしゃい。手作りポテトチップスをご馳走するわ」

「芸者の姉さんは料理も出来るんですかい」

「家を出てから料理の練習だって沢山したのよ」

「整理整頓の練習はしなかったんですかい。家の中に足場はあるんですかい？」

私の家が散らかっていることを知っているのは勘ではなくて、何でも詰め込んでしまう私のバッグの中を知っているからだろう。

「すぐに片付けられるから、そんなに笑わないで」

「こういう顔でござんす」

つられて笑みを浮かべながら、私は神様と帰路についた。

子供の頃から必要な物は何でも揃えられて、常に整えられた環境にいた私。家を出てから料理も洗濯も覚えたけれど、整頓だけはまだ苦手。恋もしないで好きでもない恋人がいた私だけど、この恋は放置しないでちゃんと片付けなくてはいけない。

その前に先《ま》ずは、部屋をきれいに片付けよう。

◆

翌日の日曜日は、人気ペンギンショーの最終日だけあって大勢の来館者が中庭を埋め尽くした。

「弁天さん、頑張ってください。楽しみにしてます」

「任せてキョエちゃん。昨日はカイロをありがとう」

昨日は別の仕事で午後には水族館にいなかった庭師のキョエちゃんも、今日はスタッフジャンパーを羽織って舞台袖から応援してくれる。

「行ってきます」

神木さんとキョエちゃんに笑顔で手を振り、コタツ君の紹介で私は堂々とステージ上に立った。


予定通りにペンギン達とゲート一周の散歩を終えて、私達は舞台袖に戻った。

「今日の弁天さん、すごかったですね！」

「ありがとう。今日のコタツ君も、最高に面白かったわよ」

ペンギンと一緒に大爆笑を巻き起こしたコタツ君も、全ての演技に歓声があがり拍手喝采を浴びた私も、満面の笑みでステージ最終日を終えた。

「お疲れさまでした。弁天さん。ショーを大いに盛り上げていただき、ありがとうございました」

神木さんに手渡されたスタッフジャンパーに袖を通す。あなたのお陰です。こちらこそ、ありがとうございました。口には出さず、私は感謝を込めて頭を下げた。

「あの……………すいません」

何かを言いかけた神木さんのスマホが鳴る。画面を確認した神木さんは、いつもの人当たりのいい笑顔で私に頭を下げると、急ぎ足でその場を離れていく。誰かと通話しながら遠ざかっていく後ろ姿を目で追う私は、心を整頓する準備を始めていた。両親に認めてもらえる一人前の大道芸人を目指す私は、この日をもって自分の恋を片付けようと決めていた。

「弁天さん。お疲れのところ申し訳ないんですけど、控室に戻ったら一緒に写真を撮ってもらえませんか。ブログ用に」

「勿論よ、コタツ君。キヨエちゃん、カメラマンお願い出来るかしら？」

「大丈夫ですよ」

井辺さんと一緒にペンギン達を小屋へ連れて行くコタツ君とは一旦別れて、私はキヨエちゃんと控室に戻った。

キヨエちゃんとは、うみとも水族館で初めてショーをする際に、現場の下見に来た中庭で出会った。素敵な中庭を管理しているキュートな造園士を一目見て気に入り、友達になりたくて声を掛けた。

食事へ連れ出して話してみると、異業種ではあっても人を喜ばせる仕事に誇りを持っている私達は気が合って、すぐに打ち解けることが出来た。彼女は私にとって、自分で選んだ初めての友達。

水族館での仕事は今日が最後。仕事の切れ目が縁の切れ目と言わんばかりに、ショーが終わると私を置いて次の仕事へサクサクと行ってしまった神木さんとは、打ち解けることは出来なかった。でもプライベートでも仲良しのキョエちゃんとは、これからもずっと友達でいられるだろう。

そんなキョエちゃんには、好きな人がいる。彼女はまだ私に隠しているけれど、見ていればわかる。

コンコン。弾むようなノックの後でドアが開いた。

「お待たせしました、お願いします！」

私とキョエちゃんが待つ控室に来たコタツ君は、さっきまで履いていた長靴ではなくビーチサンダルをペタペタ鳴らしてやって来た。

「あ。しまった！　いつもの癖で長靴脱いできちゃいました」

寒そうだなと見ていた私の視線に気が付いたコタツ君が「やべぇ」と呟いている。

「坂神さん。俺の足が映らないようにお願いします」

「わかりました」

照れた様に笑うコタツ君に、つられてキョエちゃんも笑う。この二人が惹かれ合っていることは見ていればわかる。きっと誰が見てもそう感じる雰囲気が滲《にじ》み出《で》ているのに、本人達は気付いていないのか二人の間には互いに遠慮し合っているような、近づくけれどくっ付きはしない微妙な距離感がある。

自分の恋は終わらせてしまうけれど、この二人の恋はうまくいって欲しい。私に出来ることがあれば何でもしたい。応援したい。

「ねぇ。みんなで動物園に行きましょうよ」

写真を撮り終えると、私は二人にチケットを差し出した。

「今度の土曜日。私はここで仕事なの。招待券を貰ったから、二人とも是非見に来てちょうだい」

今度の土曜日が二人の休日であることはキョエちゃん本人と、井辺さんから聞いて知っていた。まるで神がくれたようなこんな偶然を見過ごす手はない。突然の誘いに二人は、互いに顔を見合わせている。

「イベントに出演する以外は自由行動なの。この日は私のパートナーも連れて行くから、四人で一緒に動物を見てまわりましょうよ。きっと楽しいわ」

「行きます！　俺、丁度その日は休みなんですよ！」

「……私も休みで、弁天さんのショーを見に行く予定でいました」

「それじゃ決まりね」

コタツ君は嬉しそうに、キョエちゃんは恥ずかしそうに、私から動物園の招待券を受け取った。

◆

「それならお二人でデートをさせれば良かったんじゃないですかい？　あっしと芸者の姉さんは邪魔者じゃないですかい？」

平年よりも気温が高くて暖冬だと言われている今年も、十二月に入ると本格的な冬の到来を思わせるような冷たい空気に包まれるようになって、手が悴《かじか》む早朝の公園。

「とんでもない。あの二人には私達が必要なのよ」

ランニングをして身体を温めている私は、腕にしがみ付いているクアッカワラビーの神様に言い聞かせる。

「二人で行きなさい、なんて急に言ったところで素直に首を縦に振らないわ。振れないのよ、あの二人はね」

キョエちゃんとコタツ君が互いに意識し合っているのは、十中八九間違いない。二人の間にいると、まるで引き合っているような心の磁力を感じる。けれど、そこを私がお暇《いとま》したところで二人がくっつくかといえば、そうじゃない。

「ただ照れているだけなら話は早いのに。あの二人は素直過ぎて、悪い意味で大人なのよね。相手のことを思うあまりに考え過ぎているような。運命の糸が遠慮し合って、結果的に絡まってるってところかしら」

「そう言う芸者の姉さんの糸は、宙ぶらりんでござんすね」

「やっぱりわかっちゃうのね。これでも片付けたつもりなのよ」

全てを回収してゴミの日に出せたらと思うけれど、そうはしたくないと思う自分もいる。

「すぐに忘れることは出来ないから。しばらくは引っかかったままね。私の糸は」

私の気持ちは凧《たこ》になって、風に乗って、そのまま遠くに飛んで行った。手元に残った千切れた糸は、私が初めて誰かを好きになった証《あかし》。自分で糸を断ち切って、手の届かない場所へ飛んでいく凧を見送りながら、もうどうにもならないのだと風任せにする私は、悪い意味で子供だ。自分の気持ちに責任を持たないのに、友達の幸せは純粋に担おうとしてしまう。

「でも、キヨエちゃんとコタツ君の糸はちゃんと繋がっている。絡まっていたって所詮は一本の糸だもの。解せばいいのよ、私達が」

まずは四人で和やかに過ごして、二人が自然と近づきやすい雰囲気を作る。それから私と神様は仕事で一旦離れる。その間は必然的に二人きりの状況になる。

「あの二人は、きっとキッカケさえあればぐっと距離を縮められるはず。という訳で、よろしくね。パートナーさん！」

「あっしは神様でござんすが、そういうことなら任せてください」

身体が程よく温まったところで走っていた足を止めた。ゆっくり歩きながら車に向かい道具が入ったバッグを取り出して、いつも練習をしている場所まで移動する。

「朝ご飯を作って来たの。どうぞ」

お弁当箱に詰めてきた手作りポテトチップスを見た神様は、くりくりの丸い目を朝日のように輝かせた。ニコニコ笑顔の神様を動物の姿のままマスコットキャラクターとして起用したいけれど、私より目立たれても困ってしまう。当日は人間の姿でアシスタントをしてもらおう。

誰もいない公園の隅でベンチに座った神様は、ボールジャグリングをする私をマネして、ポテトチップスを空中へ投げてキャッチしてを繰り返しては、パリパリと口の中へ放り込んでいく。

「うまいもんですねぇ。パリッ。パリッ。パリッ。ペロッ。パリッ。パリッ」

私の技を言っているのか、ポテトチップスの味を言っているのかわからないけれど。神様が時々指を舐めているのは音でわかった。

◆

仕事終わりのキヨエちゃんをショッピング街へ連れ出した翌日。約束の土曜日にキヨエちゃんはおしゃれをして動物園へやって来た。

普段からキヨエちゃんはキュートだけれど、新作コスメでメイクをしてスカートから細い足首を出したキヨエちゃんは。

「可愛いって言葉じゃ足りないくらい可愛いわキヨエちゃん！」

「あ、ありがとうございます……」

先に到着していたコタツ君も、すっかりキヨエちゃんに見惚れている。

「紹介するわね。私のパートナーよ」

「島神《しまがみ》でござんす。以後お見知りおきを」

今日も笑顔でロックスタイルを貫いている人間の神様に、二人は戸惑いながらも「初めまして」と頭を下げた。神様の個性に二人が多少困惑することは想像出来ていたけれど……。

「そちらの方達は、どちら様？」

四人が集合するはずだった場所に、集まっているのは六人。私と神様。キヨエちゃんとコタツ君。それから……。

「山神《やまがみ》でござる」

「川神《かわかみ》でありんす」

キヨエちゃんは、山神と名乗る男の子を。コタツ君は、川神と名乗る女の子を連れて来ていた。

「初めまして。弁天です」

「うむ」と頷いた山神君は、可愛らしいコタツ君とは違うタイプの爽やかなイケメン。

「よしなに」と微笑む川神ちゃんは、ナチュラルなキヨエちゃんとは真逆でメイクもファッションもとにかくカラフル。

キヨエちゃんとコタツ君が、まさかそれぞれパートナーを連れて来るなんて。しかも、どういう訳か神様に負けず劣らずの個性派揃《ぞろ》い。とっても楽しそうなメンバーに、私も困惑している。

「神様。私、間違えているのかしら？」

キョエちゃんとコタツ君が惹かれ合っているというのは、私の勘違いだったのだろうか。不安になって神様にこっそり確認する。

「集合場所なら、動物園入り口前のここで間違いござんせんよ」

「そうよね。それは合ってると思うわ。でもこの状況って――」

「あっ！　あんた弁天さんだろ？」

不意に威勢のいい声を掛けられて振り返る。目の前には、品の良いワンピースが似合う清楚な装いの女の子が立っていた。走ってきたのか、長い黒髪が乱れている女の子に「ええ、そうよ」と微笑みかける。

「あなたは？」

「あたいは森神だよ！　あんたのパフォーマンスがきれいだって言うから、観に来たのさ！」

またも名前に「神」が付く個性的な人物の登場。でも私が驚いているのはそこじゃない。

「おいおい。まだチケット買ってないぞ！」

女の子を追いかけるようにやって来た神木さんと私、そしてキョエちゃんとコタツ君が「え？」と声を漏らしたのは同時だった。

恋愛の神様

同居五十二日目。仕事を終えて自宅アパートに帰り着く。家政夫と暮らす私の部屋は、今日もフローリングがピッカピカに光っている。

「おかえり。帰ったらすぐに手洗い嗽をするでござる」

「ただいま。言われなくても毎日ちゃんとしてますよ」

粘着クリーナーでコロコロしている子狸の後ろ姿に「お母さんか」と突っ込まなくなった私は、神様との生活にすっかり慣れている。

「お腹空いたでしょ、ポコ侍さん」

「それがしへッポコではござらん」

いつまでも「神様」じゃ他人行儀だから、思い付きで名前を付けた。これ以上になくらいピッタリな名前なのに、残念ながら神様は気に入らないご様子でいる。

「見て。実家から土鍋を借りてきたの。今日はお鍋にしよう」

五〜六人で囲むようなサイズの土鍋を抱える私を見た神様は、自分が鍋にされると勘違いしたのか光の速さで寝室へ逃げ込んだ。キッチンでザクザクと切った野菜や魚を鍋に詰め込んでいると、ホッとしたように尻尾を振りながら出てくる。

「今日の弁天さんも素敵だったなぁ。ペンギン達も、弁天さんの言うことは聞くんだよ」

うみとも水族館で人気のペンギン散歩ショー最終日だった今日は、大勢の来館者が詰めかけていた。昨日と今日の二日間限定で、散歩ショーは大道芸人の弁天さんとコラボレーションしたスペシャルショーを開催していた。

「昨日は別の場所で仕事だったから観れなかったけど、今日は神木さんのご厚意で特別にステージ袖からショーを観せてもらえたんだ」

舞台側から見たお客さん達はみんな、弁天さんの美しいパフォーマンスに酔《よ》い痴《し》れて、コタツ君とペンギンの可愛さに笑っていた。

私と神様は食卓で鍋を囲み、具材が煮えるのを待っている。

「水族館で弁天さんに会えるのが今日で最後だなんて、ちょっと寂しい」

弁天さんは仕事熱心な人で、この二日間のイベントのために毎日、共演するペンギン達に会いに来ていた。中庭で私を見掛けると、必ず声をかけてくれた。

初めて会ったその日に誘拐されて（仕事終わりに無理やり車に押し込まれた）、食事に連れ出された時は、とんでもない人と知り合いになってしまったと恐怖に震えた。そんな大胆で美人な弁天さんと、地味で凡人な私が友達になるなんて、誰が想像できただろう。

「して。その紙切れは何だ？」

テーブルの脇にさりげなく置いた一枚のチケットを、神様が前足で指した。

「動物園の招待券。弁天さんがくれたの。今度の土曜日にここでパフォーマンスをするから観に来てねって。……小宮さんと」

「ほう。デートでござるな」

鍋の蓋をとると、ふわっとダシが香る湯気に眼鏡が曇る。

「弁天さんとパートナーさんも一緒だよ。四人でって誘ってくれて」

「ダブルデートでござるか。それもまた良いではないか」

「……それがね」

チケットに手を伸ばす。一枚に見えていたチケットの裏から、もう一枚のチケットが出てくる。

「二枚あるのか。一枚はお嬢のだな。して、そのもう一枚は？」

「うん。実はね、弁天さんからチケットを一枚貰って、小宮さんと行く約束をした後に……」

「待たれよ。その前にだな」

「はい。手を合わせました」

『いただきます』

もりもりと自分の取り皿によそい、今日も手作りマヨネーズをたっぷりかける鼻歌交じりの神様。好きな具材を自分の取り皿にキープしてから、私は今日の出来事の続きを話した。

閉館後の中庭チェックを終えて水族館を出た私は、従業員駐車場へ向かう途中で一組の男女を見掛けた。二人はすっかり人気のなくなった出入り口付近で、不審な動きをしていたから目立っていた。気になってしばらく見ていると、何やら大事な、それでいて小さい物でも落としたのか、身を屈《かが》めてきょろきょろと足元を注意深く見ながら歩き回っている。

そこへ、私服姿の小宮さんが通りかかった。彼も仕事を終えて帰るところだった。

「あの、どうかされましたか？」

「俺達、水族館の者ですけど」

小宮さんと一緒に声を掛けると、そこで私達の存在に気付いたらしい二人がハッと顔を上げた。

「あ。あなたはコタツ君ですよね！」

ペンギンショーを観ていたという二人に、私達が水族館関係者であることはすぐに信じてもらえた。

　話を聞けばお二人は、世話になっている伯父夫婦から新婚旅行をした和歌山の話を聞いて興味を持ち、自分達もとやって来た新婚夫婦だった。

「妻がイヤリングをなくしたんです。水族館を出る前は着けていました」

「落としたならこの辺りだと思って、探しているんです」

　奥さんは片方の耳にだけ、小さな三匹の猫がチェーンにぶら下がっているデザインのイヤリングをしていた。外灯は点いていても足元は暗いし、捜索範囲も広い。

「わかりました。俺も探すの手伝います！」

「私も手伝います」

　申し訳なさそうに頭を下げるご夫婦に、私は持っていた作業用ライトで足元を照らした。

　四人でしばらく周辺を探したけれど、ご夫婦が飼っている三匹の猫に似ているというイヤリングは見つからなかった。

　諦めて帰ろうとしたご夫婦を小宮さんが呼び留める。

「また明日も探します！　見つけたら送るんで、住所か電話番号を聞いていいですか？」

やべぇ紙がない、と慌てる小宮さんに代わって作業服のポケットからペンとメモ帳を奥さんに渡した。「福禄祈里《ふくろくいのり》」と名前を書いた奥さんの字が、とてもきれいだったのが印象に残っている。

「福岡から来たんですか」

「はい。明日帰りますが、その前にもう一度探しに来ます」

高価な物には見えないけど、必死に探していた奥さんにとってはとても大切な物なんだろう。もしかしたら旦那さんからのプレゼントなのかもしれない。

それにしてもこのご夫婦。初めて会うのに何故だか他人な気がしない。せっかくの旅行を悲しい思い出にして欲しくない。二人のためにも必ずイヤリングを見つけよう。

そう思った時だった。

「……小宮さん、あれは何でしょうか？」

視線を感じて顔を上げた私は、数メートル先の外灯の下でじっとこちらを見ている何かと目が合った。犬でも猫でもない小動物。子狸の神様よりも一回り小さい。ビーバーに見えるけれど、こんな所にいるはずは……。

「ちょっ。俺見てくるんで、ここで待っててください！」

近寄ろうとした私より先に、小宮さんが謎の動物目掛けて駆け出した。すると動物は逃げるように走り去ってしまう。動物がいた外灯下で何かを見つけた様子の小宮さんが「あっ！」と声を上げてしゃがみ込んだ。

「ありました！　見つけましたよっ！」

走って戻って来た小宮さんの手には探していた奥さんのイヤリングが、一匹の猫も欠けることなく光っていた。


「と、言うことがあって。それでご夫婦がお礼にってくれの。動物園のチケットを二枚」

宿泊先の特典で受け取ったものの、行く予定がないので貰って欲しいと旦那さんが差し出したのは、弁天さんから貰ったのと同じ動物園の招待券だった。

「もう持ってるとは言えなくて。私と小宮さんで一枚ずつ受け取ったんだ」

まさか一日で、違う人から全く同じチケットを二枚もらうなんて。でもそこで「今度二人で行きませんか」なんて言える勇気はなかった。そもそも四人で行ったたって、弁天さん達が仕事の間は小宮さんと二人きりになってしまう。仕事場である水族館で二人になるのと、プライベートな動物園で二人になるのとでは状況がまるで違う。緊張よりも不安だった私は、あることを思いついた。

「だからね、ポコ侍さんも一緒にどうかな。小宮さんも友達を連れてくるって」

神様が一緒なら心強い。せっかくだから今度の土曜日、「お互いに友達を誘って行きませんか」と話を持ち掛けると、小宮さんも「賑やかな方が楽しいだろう」と賛成してくれた。社交的な弁天さんも、きっと喜んでくれるに違いない。

「それがし動物園に興味はないでござる」

はふはふとお鍋を食べながら神様が首を振る。

「きっと可愛い子（狸）もいるよ」

「可愛いものにも興味はないでござる」

「シロクマソフトっていう可愛いアイスクリームが人気なんだって」

「動物園には一度行ってみたいと思っておったのだ。可愛いものは大好きでござる」

もし神様がダメだったら、コタツ君とペンギンのファンである大林さんを誘うことも考えていた私は安堵した。いくら他に友達がいないとはいえ、コタツ君に恋をして大林さんを振っている私に、そんなことが出来るはずもない。

こうして動物園には、コタツ君の友達も加わって六人で行くことになった。潔癖症かなと思う程に掃除ばかりしているのに、口の周りはマヨネーズで汚している神様とお鍋をつつきながら、私は来る土曜日を緊張しつつ待ち望んでいた。

◆

同居五十八日目。姿見に全身を映した私の心は、スカートの裾と同様に揺れていた。

普段滅多に履かないスカートと、おしゃれなスニーカー。植木鋏《うえきばさみ》すら入りそうにない小ぶりなバッグ。これらは全て、昨日の仕事終わりに作業服のまま、弁天さんにショッピング街へ連れ出されて買った物だ。場違いなほど良い匂いのするコスメショップで、初めてリップとネイルも買ってしまった。

「さ、さすが弁天さんのコーディネート。センス良すぎてまるで別人。大丈夫かな」

「別人ではない、案ずるな。お嬢はお嬢でござる」

「ポコ侍さん……」

「いつもより気合が入っているのがバレバレなお嬢でござる」

「やっぱりそう見えるよね」

全然フォローになってないから清々しいほど案ずるしかないでござるよ。

「やはり勝負下着を買うべきでござったな」

「そこは心配いりません」

やっぱり普段着に着替えて行こうかと迷っているうちに、頭に葉っぱを乗せてリズミカルにお腹を三回叩いた神様が、人間の姿になって外へ出て行ってしまう。

「ちょっと待って！」

結局そのまま私も、神様を追いかけるようにアパートを出た。


集合場所の動物園入り口前に到着すると、既に弁天さん達四人は集まっていた。

「山神でござる」

同居しているポコ侍ですと紹介する訳にもいかないから、神様には近所に住む友人の山神さんになってもらった。

「初めまして。弁天です」

昨日の目まぐるしいショッピングでつい友達参加の件を伝え忘れていたけど、弁天さんは「いいわね」と笑顔で承諾してくれた。そんな弁天さんのパートナーは「島神でござんす」と名乗る、ニコニコ顔が印象的な人だった。ロックバンドのメンバーみたいな、黒ずくめな恰好は衣装だろうか。

それよりも気になるのは、小宮さんが連れてきた人。「川神でありんす」と名乗った女の子はボブの髪に飾られたリボンが似合っていて、どこにいても目立ちそうなカラフルな服を着こなしていて、スリーブが巻かれた紙コップを手に飲んでいるのは、漂っている香りからしてきっとホットチョコレート。

川神さんは、以前小宮さんが話していた気になる人、つまり好きな人と特徴がぴったり一致している。これはどういうことだろうかと混乱する私に、更なる混乱が押し寄せる。

「あたいは森神だよ！」

そう言って弁天さんに声を掛けているのは、長い黒髪をサラッと肩に流して、紺色の羽織《はおり》ニットから見える品の良さそうなワンピースが似合っている、清楚な感じの女の子。エンボス加工がされた紙コップを手にしてコーヒーの香りを漂わせている。

森神さんは、以前小宮さんが話していた好きだった人と特徴がぴったり一致している。森神さんを前に口をあんぐりと開けている小宮さんを見て、疑惑が確信に変わった次の瞬間。

「おいおい。まだチケット買ってないぞ！」

森神さんを追いかけるように、神木さんが走って来たのを見て私は「え？」と声を漏らした。同じように驚いている小宮さんと弁天さん、そして神木さんも互いに顔を見合わせて目を点にしている。

小宮さんの好きな人に、好きだった人まで登場したかと思えば、彼女を追って何故か神木さんまでやって来た。状況に理解が追い付かず立ち尽くしていると、弁天さんと島神さんが笑い出した。いや、島神さんは元からずっと笑っていました。

「益々《ますます》楽しくなってきたわね。それじゃ、みんなで行きましょう！」

「うむ。参ろう」

呆然とする私と小宮さんと神木さんを置いて、飄々《ひょうひょう》と神様が進みだす。弁天さんは島神さんと川神さん、それから森神さんと一緒になってその後に続いた。

「ほら、キヨエちゃん達も。置いて行くわよ？」

「ま、待ってください！」

訳がわからないまま、私達は神様を追いかけた。

「それにしても神々しいメンバーね」

ふふっと弁天さんが微笑む。八人になったグループの中に、私も含めて名前に「神」が付く人が六人もいることを言っているのだろう。

「ややこしいからこうしましょう。山君、島君、川ちゃん、森ちゃん」

神様をはじめ、川神さんや森神さん、自分のパートナーの島神さんまで弁天さんは名前を略した。私と神木さんは現状維持らしい。

「うむ。よかろう」

ポコ侍には文句を言う神様が、山君には素直に従う。

「坂神さん。山君はどうしてポケットにマヨネーズを入れているのかな」

デニムパンツのポケットに、マヨネーズを容器ごと突っ込んでいる神様の後ろを歩く神木さんの意見はごもっともだ。何故持ってきたの神様。私が知りたい。

「庭師の姉さん、アイス食べるんですかい？　腹が冷えますよ、正気ですかい？」

途中で見つけた売店で、お目当てだったシロクマソフトを見つけて買う私を島さんが心配してくれる。クッキーの目・鼻・口・耳を付けてシロクマを模したソフトクリームを、神様にも買って渡す。

「大丈夫です。食べなれているので」

シロクマソフトにマヨネーズをかける神様に、小宮さんと神木さんが悲鳴を上げているけれど。こちらも食べなれているので大丈夫です。

「可愛いわね。私もいただくわ」

「この後ステージですよね。身体を冷やして大丈夫ですか？」

シロクマソフトを注文する弁天さんを、今度は神木さんが心配する。

「平気ですよ。私、アイスは夏より冬に食べる方が好きなのよね」

「私もです！」

クッキーの耳でソフトクリームをすくって食べる私に「そうよね！」と弁天さんがウィンクする。

「夏はかき氷を食べるでしょ。寧ろアイスクリームは冬が本番なのよ」

「そうです！　弁天さんの言う通りです！」

「アイスクリームは夏の季語ですよ」

首を縦に振る私の横で、神木さんだけが納得いかない様子で首を横に振った。

「そうですかい。何だかあっしも食べたくなってきやした。すいませーん」

そう言って島さんが売店に向かう。

「ポテトチップス下さい。チョコレートかかったやつ」

「ソフトクリームじゃねぇのかよ！」

みんなを代表して小宮さんが突っ込んだ。

「ねぇ、コタツ君。川ちゃんは彼女なの？」

島さんのポテトチップスを横から盗んで食べている川ちゃんを指して、弁天さんが小宮さんに問い掛ける。それは、聞きたくても聞けずにいる私の疑問でもある。知りたいけれど、知りたくない。どうしていいかわからず神様に顔を向ける。すると神様は「やらぬでござる」とシロクママヨソフトを私から遠ざけた。いりませんから。

「やだなぁ！　友達ですよ、友達！」

激しく手を振る小宮さん。その後ろで川ちゃんがコクリと頷いた。

「そうなの。キヨエちゃんは？　山君は彼氏かしら？」

「それがし、お嬢はタイプではござらん」

そこは私に否定させてほしかった。神様の横で私も「うんうん」と頷く。

「僕と森神さんは、ボルダリング仲間です」

聞かれていない神木さんが答える。「そうさ！」と言う森ちゃんはコーヒーとバニラのミックスソフトを食べていた。

小宮さんと川ちゃんは友達。そうとわかっても喜べない私の気持ちは複雑だった。

アフリカゾウにアミメキリン。ライオンにアルパカにコツメカワウソ。動物を見て回る八人一行は賑やかに進んでいくけれど、妙にぎこちない様子でいる小宮さんとはまだ一言も話せてはいない。

「パンダは元々レッサーパンダを指す呼び名で、でもその後に発見されたジャイアントパンダの方にパンダの呼び名が定着したから、小さいって言う意味のレッサーが付いたらしいよ」

「そうか。腹は黒いのだな」

一匹のレッサーパンダが立ち上がり、柵越しに神様に向って両前足を上げている。

「可愛いね。万歳してるみたい」

「それがしを崇《あが》めておるのだな」

「威嚇されてるんだよ」

「頭が高いわ無礼者め」

柵から離れて歩き出す神様の後を追う。

「いないね、みんな。どこにいるんだろう……」

神様と歩く私の周りに、弁天さんや小宮さん達はいない。私と神様はいつの間にか、みんなとはぐれてしまっていた。

小宮さんに電話をかけても繋がらないし、神木さんの電話番号は知らない。弁天さんと島さんは、衣装に着替えたり準備をする時間が迫っている。

「まぁ弁天さんのステージが始まれば、みんなそこに集まるから会えるよね」

「レストランに行けばよい。腹が減れば、みなそこに集まるでござる」

「もう十分食べたでしょ。そもそもこうなったのはポコ侍さんのせいだよ」

目の前のレストランに入ろうとする神様の腕を引っ張って先へ進む。ソフトクリームを皮切りに神様は、売店やフードワゴンを見掛けると突き進んでは何かを食べていた。その度にお金を持っていない神様に代わって私が会計に走り、そうしているうちに気が付けば二人ぼっちの有り様だ。

「ポコ侍さん」

「それがしヘッポコではござらん」

「小宮さんの好きなタイプって、何だと思う？」

「本人に聞けばよかろう」

小宮さんが友達だと言って連れてきた川ちゃんも、東京で出会ったと言っていたかつての想い人だろう森ちゃんも、神様に負けない個性の持ち主だ。日焼けをしている私と違って、二人とも真っ白な肌をしている。可愛い服に着られている私と違って、堂々と可愛いファッションを着こなしている。

「聞かなくても、私がタイプとは違うことは分かる」

「お嬢も申しておったではないか。小宮はタイプではないと」

「うん。それでも好きになっちゃうんだから、好みなんてよくわからないよ」

「人の容姿などは時好に投じていかようにも変わるが、人の本質は容易に変わらぬ。何をもって好みとするのか、それは大して重要ではござらん」

擦れ違いざまに神様を見て「かっこいい！」とはしゃいでいる女の子達は、この男が本当はマヨネーズ中毒の子狸だということを知らない。

「小宮さんのタイプになろうと思ったら、私は私じゃなくなる。それくらい私は、川ちゃんと森ちゃんとかけ離れてる」

人間の女だってことくらいしか共通点が見つからない。

「好きになるのにタイプはそれほど重要じゃなくても。こんなにも違うと、やっぱりちょっとショックで」

自信なんて初めから持ち合わせてはいない。あるのはただ告白という、自分に課した目標だけ。しかしそれすら揺らいでしまう。

「仲良くなれたことが嬉しくて、嫌われてないと思うと安心して。友達だって言ってたけど、小宮さんに気に掛けられている川ちゃんに、ちょっと嫉妬したりもして」

会えた会えないで一喜一憂したり、たった一人の人に向かっている気持ちが、あっちへこっちへと右往左往する忙しい日々を過ごしてきた。

「でも思ったんだ。私、自分の気持ちばかり知っていくのに、小宮さんのことは全然知れてないなって」

川ちゃんと森ちゃんは可愛くて、言葉で表すのは難しい不思議な存在感があって、強いて言えば神秘的な魅力がある。小宮さんの心を摑んだ二人の女の子を前にして、私はずっと何かを見落としているような気がしてならなかった。

「親しくなれただけで告白しようとしてる私って、浅はかじゃないかな……」

目標はあくまでも気持ちを伝えることで、彼女になろうだなんて、そんな異次元にまで考えは及んではないけれど。もっとやるべきことはあったんじゃないだろうか。もっと小宮さんのことを知るべきなんじゃないだろうか。今の私は、人気者の小宮さんのファンでしかないんじゃないだろうか。

アルパカを眺める先に、これまでの自分を映して客観視する。そこには一人で舞い上がっている私がいる。

「正しい手順を踏んでさえいれば実る恋ばかりなら、誰も苦労はないでござる」

水筒を取り出すようにマヨネーズを手にした神様が、お茶を飲むようにマヨネーズを吸っている。その様子を一頭のアルパカがじっと見つめている。

「色気も勝負下着の一枚も持っていないお嬢が、小宮のタイプでは全然ないにしてもだな」

そこまでは言ってない。

「それでも気持ちは変わらぬのだろう。自分が知るその気持ちを信じている今のお嬢なら、問題はないでござる」

正しい手順を踏んだって、木は必ず実るわけじゃない。暑さが続いて、寒さが続いて。大雨が降れば強風が吹く。操作できない天候に大きく左右されてしまう植物は、それでも芽吹いて花を咲かせようと成長する。だから私は開花を信じて、大切に育て続ける。

私の気持ちはまだ苗木だ。十二月に入ってから気温はどんどん真冬に近づいていくのに、私は日一日と春めいて花を咲かせようと成長していく。きっと小宮さんに想いを伝える。そんな花咲く日を私は信じている。

「そこまで言われちゃ、裏切れないね」

「うむ。水玉パンツのお嬢とて問題はない。案ずるより告るが易《やす》しでござる」

「容易に告白出来ないから案ずるんだよ。……ねぇ色気ってそんなに大事？」

「已《や》んぬる哉《かな》。早う告ってまいれ」

「相手とはぐれた原因は黙ってて」

たとえ脈がなくたって、思いを断ち切る鋏は持っていない。花が咲いた後も小宮さんと仕事で顔を合わせる私は、形を整える剪定鋏ぐらいは用意しておいた方がいいかもしれない。せめてきれいに散れたなら、後片付けは楽だろうか。告白に前向きでいながら玉砕に怯える。そして告白される側も悩むのだということを、私は知っている。

じりじりと寄って来たアルパカに、唾を吹きかけられそうになって逃げだす神様。経験が豊富そうな弁天さんに相談してみることも考えながら、私は神様を追いかけた。

◆

ラッコやシロクマ、ペンギンがいる人気エリアに設けられた多目的ホールに到着した時には、既にイベントが始まっていた。ご当地アイドルも出演する会場は、どこを見ても空席がない状態だった。

立見席に落ち着いた私と神様は、三番手で登場した弁天さんと島君のパフォーマンスを無事に見ることが出来たけれど、イベント終了後はアイドルの握手会が始まり、人混みが引かない会場内で小宮さん達を見つけることは出来なかった。

「ショーは最前列で観てくれていたから、まだこの辺りにいるんじゃないかしら」

イベントを終えた弁天さんと島君に合流できたのは午後二時過ぎ。小宮さんの電話は、何度かけても繋がらない。

「神木さんに電話してみるわね。私はキョエちゃんとデート出来ればそれでいいけど」

「……あの、弁天さんっ。実は、私……」

話すなら今しかない。私は弁天さんに、小宮さんへの気持ちを打ち明けた。話を聞いてくれた弁天さんは、神木さんに電話しようと手にしていたスマホをそのままバッグへ戻す。

「知ってたわよ」

「……え？」

当然だと言わんばかりに微笑む美女が、あまりにもきれいで呆然とする。

「だからキョエちゃんとコタツ君を誘ったの。キョエちゃんが山君を連れてきた時は驚いたわ」

「そ、そうだったんですか」

「それに…………」

弁天さんが続けて何かを言いかけた口を閉ざした。首を傾げる私に、呆れたように笑いながら後方を指差す。振り返ると、トイレに行っていたはずの神様と島君が、たこ焼きとポテトチップスを持って戻ってくるところだった。

「トイレに行ったんじゃなかったの？　それ、お金はどうしたの？」

マヨネーズがかかっているたこ焼きに、更にマイマヨネーズをトッピングした神様は「はふはふ」言っていて何を話しているのかわからない。

「大丈夫でござんすよ。芸者の姉さんからバイト代をもらいやしたから」

「お金の使い道は自由だけど。あなた達はちょっと食べ過ぎね。お腹を壊すわ」

日頃の家事のお礼に、今日は好きなものをご馳走するつもりでいるけれど。島君のバイト代を使ってまで食道楽する底なし胃袋の神様に、帰りの交通費まで食べられるんじゃないかと不安になる。

「それがしの腹は無敵でござる。ここにマヨネーズがある限り」

そのマヨネーズが尽きた頃に惨敗してなきゃいいけれど。

「こんなに薄っぺらくて腹に溜《た》まらない優しい食べ物が、他にあるんですかい？」

マヨは飲み物だと言う神様にも負けないくらいの詭弁《きべん》だ。

「喉が渇いたわ。キヨエちゃん、飲み物を買いに行きましょう」

小宮さん達を探す前に、一仕事終えて疲れているだろう弁天さんを少し休ませてあげたい。はふはふパリパリしている二人は放っておいて、私は弁天さんと歩き出した。

「この先にカフェがありますよ」

園内マップを広げる私の横で突然、弁天さんの足がピタリと止まる。

「どうしたんですか？」

「静かに。こっちよキョエちゃん」

真っ赤なリップが映える口元に人差し指を当てた弁天さんが、私の手を掴むとそのままカフェとは違う方向へ進む。静かにと言われてしまうと何も言えずについて行く。

「ほら。あれを見て」

声を潜めた弁天さんが差した方角には一台のベンチがあって、こちらに背を向ける形で二人の男性が座っていた。見覚えのある後ろ姿に、すぐ小宮さんと神木さんだと気付く。

「私達を放ったまま二人で休憩しているわ。驚かしてやりましょう」

やめた方が……という私の制止にイタズラな笑みを返す弁天さんは、こっそりと背後に忍び寄っていく。仕方なくついて行き、ベンチとは目と鼻の先にある建物の影にしゃがみ込んで身を隠した。

「まさか二人揃ってスマホを落とすなんてな」

「はぐれた坂神さんとも、イベントが終わった弁天さんとも連絡が取れなくて困りましたね」

二人の声がハッキリと聞こえる距離で、私達は息を潜める。どうりで電話が繋がらないわけだ。後ろから二人に目隠しするわよと、弁天さんがジェスチャーで伝えてくる。

「川ちゃんと森ちゃんも、二人でトイレに行くって言ったまま戻ってきませんね」

「トイレまで探しに行くわけにもいかないし。ここで待つしかないな」

二人がここに留まっているのは、そういう訳があったんだ。やっぱりやめませんかと目で訴えても、妖艶に微笑む弁天さんはじっと機会をうかがっている。

「それで。坂神さんと動物園に行くんだって子供みたいに喜んでたコタツ君が、どうして別の女の子を連れて来た？」

ゴーサインを出しかけた弁天さんの手が、おずおずと身を乗り出そうとした私を制止した。

「コタツ君は坂神さんのことが気になるんだろ？　何で分かるんですかと言いたげな顔をしているが。おそらく井辺さんも気付いているからな」

何を言ってるんですか神木さん？　目を見開く私に向って、私も知っているわと言わんばかりに弁天さんが頷く。小宮さんは動物園に来た理由を簡潔に話している。

「それで、俺も友達を連れていくことになって。坂神さんが男友達を連れてくるのはわかってたんで、だったら俺は女友達を連れて行こうと。地元のダチ呼んでもからかわれるだけですし」

耳を疑うような言葉に混乱しながら、私は首を傾げた。男友達を連れて行くとは言っていなかったのに、まるで私が神様を連れてくることを知っていたような発言に戸惑う。

「実は俺、あの山君って男を知ってるんですよ。兄の友達らしくて、東京で一度会ってるんです。あ、思い出した。あの時は自分のことを神様だって言ってました」

小宮さんと神様が知り合い？　そんなのは初耳だった。あんなに特徴的で尚且《なおか》つ神様だと名乗る人物を、別の誰かと勘違いするとは考えにくい。

どういうこと？　答えを求めるように周囲を見回しても、ここに神様はいない。

「二人が本当に友達なのか確かめたくて。山君が恋人じゃないなら俺、坂神さんに告白しようと思って」

小宮さんが私に……？　とても信じられなくて、そこにいるのは本当に小宮さんなのか疑わしくさえなって思わず覗き込む。そのまま前のめりに転倒しそうになってひやりとしたけれど、間一髪のところで弁天さんに助けられた。

「めちゃくちゃ緊張して今日は来たんです」

今ここで出ていくわけにはいかない。出ていける状況じゃない。混乱と、盗み聞きしている罪悪感もあって不安になる私の手を、弁天さんがそっと握ってくれる。

「でも……何故か、俺が前に好きだった人が現れて。しかも神木さんの連れだって言うじゃないですか」

「は？　森神さんが？」

「はい。実は森ちゃんも知ってます、俺。東京にいた頃何度も会ってます。って言っても俺はコンビニの店員で、森ちゃんは毎回コーヒーを買いに来てた常連客ってだけですけど」

「驚いたな。そんな偶然があるのか。つまり、今好きな人と昔好きだった人が混在した状況下で、コタツ君は別に女の子を連れているわけだな」

「そう、なりますね……」

「最悪だな。どうりで今日はコタツ君、坂神さんから距離をとっていたわけだ」

お互いに気まずくて近寄りがたい雰囲気を感じていたのは、そのせいだったんだ。

「でも川ちゃんは本当に、ただの友達っすよ！　ってかどうして神木さんは森ちゃんと二人で動物園に来たんですか？　ボルダリング仲間だって言ってましたけど、本当は付き合ってるんじゃないですか？」

弁天さんの柔らかな手に、少しだけ力が入った。

「人のこと気にしてる場合か。断固として否定するぞ」

それまで冷静だった神木さんの言葉にも力が入っている。

「散歩ショーの最終日、弁天さんのパフォーマンスは素晴らしかっただろ。それを森神さんに話したら興味を持って、今日ここでパフォーマンスをすると知ったら、連れて行けとうるさかったから来たんだよ」

「わざわざ休みを取ってですか？」

「連勤が続いていて、上から休むように言われたんだ」

「確かに、そうですね」

「まさか、森神さんに未練があるのか？」

「それはないです！　俺が今好きなのは坂神さんだけなんで！」

ばくばくと、飛び出してしまいそうな勢いで暴れている心臓の音がすごい。寒い日陰にいるのに顔が燃えるように熱くて、きっと全部が筒抜けに伝わっている弁天さんの手が温かい。

「まぁ僕も、人のことを気にしている場合じゃないよな」

「神木さんにもいるんですか、好きな人が」

「僕もコタツ君と同じだよ。弁天さんに会いたくて、告白するつもりで緊張しながら来たんだ。ところが皆さんお揃いで驚いたよ」

え？　覗き見る弁天さんの顔から、いつもの微笑が消えている。

「やっぱりそうだったんですか！」

「やっぱりって何だよ」

「だって、神木さんと弁天さんはスタッフの間で噂になってましたよ。いつも一緒にいたじゃないですか。二人がランチデートしてたって目撃情報もありましたよ」

「そりゃ一緒にいるだろうよ。あの人は僕がどこにいようと休日だろうと構わず電話をかけてきたんだ。イベントが終わってからは一度もかかってこないけどな。近くの食堂で昼飯済ましていただけで、ランチデートは盛り過ぎだ」

「神木さんって最初、弁天さんのことが苦手なのかなって思ってました。何となく」

「鋭いな。苦手だよ今も。それでも惚れてしまったんだから仕方がない。コタツ君も自分を止められないんだろ。潔く当たって砕けよう」

「神木さんまで縁起でもないこと言わないでくださいよ」

小宮さんが力なく項垂《うなだ》れた時だった。

「お嬢。そんなところで何をしておるのだ？」

「えっ？」

いつの間にか目の前に、神様と島君が立っていた。「あら」と呟いた弁天さんも、二人が来ていたことに気付いていなかったらしい。神様の声に気が付いた小宮さんと神木さんが「おーい」と二人を呼んでいる。

「良かった！　山君と島君に会えて。坂神さんと弁天さんは一緒じゃないの？」

「その二人なら、さっきからここにおるぞ」

バレちゃったわね、と肩を竦《すく》める弁天さんと一緒に、隠れていた物陰から出ていく。

「坂神さん！　弁天さん！　さっきから居たって……。もしかして俺達の話、聞こえて……？」

「バッチリ聞いておったと、二人の顔に書いてあるでござる」

そこへ、口をもぐもぐさせながら川ちゃんと森ちゃんがトイレ（じゃないと思う）から戻ってきた。

「やはりクレープは王道のチョコレートでありんすなあ」

「ティラミスクレープを食べてこその通ってもんだよ！」

ほくほく顔でクレープに齧り付いている。

「みんな揃ったでござんすね。芸者の姉さん方、何で黙ってるんですかい？」

ふふっと笑う弁天さんに、こめかみを押さえている神木さん。硬直している小宮さんに、きっと顔が真っ赤になっているだろう私。神様達も、そんな私達を見て黙り込んでしまった。

「あの、坂神さん！」

静寂を突き破るように小宮さんが一歩前に出たのを見て、私は反射的に一歩後退《あとずさ》った。思考と一緒に呼吸も止まっていたのかもしれない。息が苦しくて、口から胸いっぱいに空気を吸い込んだ次の瞬間。

「ごめんなさいっ！」

声の限りにそう叫んだのは無意識。その場から逃げ出したのは防衛本能。我に返れば私は走っていて、後ろから小宮さんが追いかけてきて。でも小宮さんの胸の内を盗み聞いてしまった私は一体どんな顔して彼に向き合えばいいのかわからなくて、だから私は全力で走るしかなかった。

私を呼び止めようと必死な声が聞こえると、私も必死になって逃げる。後先見てる余裕なんてない。脇目も振らず一心不乱に私は逃げ続けた。

◆

どのくらい走ったんだろう。体力には自信がある私にもついに持久力の限界が来て足を止めた。恐る恐る振り返った先に小宮さんの姿はない。ホッとしたのもつかの間、小さなバッグの中でスマホが鳴って心臓が飛び跳ねる。きっと弁天さんだ。心配してるかな。だけど、申し訳ないけれど今は時間が欲しい。上がった息を整えながら着信が止《や》むのを待った。

人の流れが疎《まば》らな通りのベンチに腰掛けて一息つく。脳に酸素が行き渡ったのか少し頭がスッキリしてきた。これからどうしようかと考える余裕が出来て、脳裏で自分の言動を振り返る。

「待って。私、もしかして……」

小宮さんの気持ちを知ってしまった私。そんな彼に「ごめんなさい」をして逃げだした私。

「小宮さんを振ったことになってない……？」

私の取った言動は、小宮さんにそう誤解されてもおかしくない。そんなつもりは一切ないのに。冴《さ》えたはずの頭からさっと血の気が引いていく。もしそんなことになっていたら、小宮さんは事実を誤認したまま帰ってしまうかもしれない。

戻らないと。慌てて立ち上がる。でも無我夢中で走ってきたから自分が今どこにいるのかわからない。周囲を見回して見つけたのは、神様と見たレッサーパンダがいる通りを指し示す案内板だった。

一先ずそっちに向かおうと歩き出した私は、妙な胸騒ぎを覚えた。レッサーパンダが近付くにつれて人々の声が賑わいを増すけれど、様子がおかしい。大きな通りに出ると、周囲は賑わっていたわけじゃなくて、騒いでいた。不安な表情を浮かべている人もいれば、面白い玩具を見つけた子供みたいに興味津々といった人もいる。

「あの、すみません。何かあったんですか？」

収まらない胸騒ぎに耐えかねて、近くにいた男女グループに声を掛けた。

「馬が園内を駆け回ってるらしくてさ。向こうから人が逃げて来てんの」

「馬が脱走してるって、あっちはえらい騒ぎらしいよ。ちょっと見に行こうぜ」

「危ないやんか。勝手に行け」

「肉食獣なら逃げるけどさ、馬だよ？　大袈裟《おおげさ》じゃない？」

「馬も十分危ないでしょ。本当だったらヤバいって。私達も逃げよう。あなたも気をつけてね」

建物の中に避難していく男女グループにお礼を言った私は、すぐさま弁天さんに電話をかけた。でも通話中なのか繋がらない。胸騒ぎは見過ごせないほどに強くなっていく。

「神様……」

もしも騒動の渦中に神様達がいたらどうしよう。脱走の噂が本当なのか、何かの間違いなのかわからないけれど、不安に駆られた私は小走りになって、人の流れに逆らいながらみんなを探した。

誰ひとり見つけられないまま開けた場所に辿り着いた。ここは、弁天さん達が出演していたイベント会場だ。騒いでいたということの付近の人達はみんな避難したのか、周辺には誰もいない。

でも狸ならいた。

ふっさふっさと尻尾を振りながら私を見つめて佇んでいる。脱走したのは馬だけじゃなかったのかと首を傾げながら近付いた。

「どこに行っておったのだ」

「やっぱり、ポコ侍さん！」

「それがしはヘッポコではない。突然逃げ出したお嬢を探そうと、またしてもみな散り散りでござる」

「それは……ごめんなさい」

神様の他には誰もいない。私達はまた二人ぼっち、じゃない。一人と一匹ぼっちになった。

「どうして人間じゃないの？」

「それがしのようないけめんが一人でおっては、ナンパが絶えぬゆえ面倒でな」

「動物園でそっちの姿してる方が面倒だと思うけど。そんなことより、私達も逃げなくちゃ」

「まだ逃げると申すか」

「違うよ。馬が脱走してるらしいの。みんなと合流して避難しないと。でもその前にその姿じゃマズいから人間になって」

「しかし、葉っぱがござらん」

「葉っぱなら何でもいいの？」

頷いた神様を抱えて樹木に駆け寄り、落ち葉を一枚拾い上げたその時。

「……これ、何の音？」

遠くから一気に迫ってくるような異音がして、それが馬の足音だと気付いた時にはもう、目の前に馬がいた。

「……馬って。思ってたのと違うよぉ――っ！」

手を伸ばせば届きそうな距離でピタリと止まっているのは、白銀に輝く鬣《たてがみ》を風にふわりと靡《なび》かせた、神様よりも神々しく神秘的な真っ白い馬。想像していた馬とあまりにも違うから、お腹の底から叫んでしまった。

「どうしよう、スタッフの人もいないし。死んだふりする？　待って落ち着いて、それはクマと遭遇した時の間違った対処法。こんな時は、えっと……どうしたらいい？」

救いを求めて見下ろした神様は、腕の中でぐったりと死んだふりをしている。

「ヘッポコ……」

まさかの狸寝入りに呆れていると、突然白馬が動き出した。突進してくる白馬に悲鳴を上げる間もない。為《な》す術《すべ》もない。私は神様を抱きしめてギュッと目を閉じた。

「……あれ？」

まるで巨大な風船にぶつかったような、全身にぽわっと柔らかな衝撃を受けた後、宙に浮くような感覚がしたかと思えば何かに乗っかっている。驚いて目を開けると、私は白馬に跨っていた。神様も一緒だ。

「どういうこと？」

「つかまりなさい」

何処からか声がした。スタッフだと思い振り返った次の瞬間、白馬が一声嘶《いなな》いて走り出した。私は咄嗟に白馬の首にしがみ付く。

「いたぞ。こっちだ！」

走る白馬の前方に数人、スタッフらしい人影が見えた。

「助けてくださいっ！」

救助を求めて必死に叫ぶ。

「大変だ！　人が乗ってるぞ！」

「おい、うちに白馬なんていたか？」

動揺するスタッフ達を軽々とかわして白馬は走り続ける。

「そんなぁ。どうしよう」

鬣にしがみ付いている神様はまだ狸寝入りを決め込んでいるのか、うつ伏せのまま動かず声も出さない。辺りを見回す余裕はなくて、どこに向かって走っているのか全くわからない。いつ来るかわからない救助を待つより、自分で何とかしないと。このままじゃ私も神様も落馬してしまう。

解決策を必死で考えようとする頭に、おじいちゃんとおばあちゃんが好きで見ていた時代劇のテレビドラマが浮かぶ。どうしてこんな時に。白馬に跨る暴れん坊な将軍様しか出てこない自分の頭に嫌気が差した。

「そうだ、手綱！」

私の脳裏を馬に乗って駆けていく将軍様。その手元に目が留まって手綱の存在を思い出す。乗馬なんてしたことはないけど、あれを引けば馬が止まるのは知っている。

ところが、いくら手探りをしてもそれらしき物は見つからない。

「馬の首を撫でまわして、いかがしたお嬢」

むっくりと顔を上げた神様がこちらを振り返る。

「やっと起きたねポコ侍さん。手綱を探してるの。馬を止めないと」

「そんな物はござらん」

言われて気付く。この白馬には手綱どころか、人が乗るための腹帯や鞍《くら》もついていない。よく考えたら動物園の馬は展示用であって、乗馬用じゃない。なのに何故か馬に乗っている私って……。

「待って。もしかして私、この馬を逃がした犯人だって思われてないかな……」

どういう経緯で脱走したのか知らないけれど、そんな誤解もされかねない状態じゃないだろうか。

「杞憂《きゆう》に過ぎん。馬の脱走などデマでござる」

「現に逃げ出してる馬に何故か乗ってるよ？」

「それがしとお嬢が乗っているのは、動物園の馬ではござらん」

「……じゃあ何？」

「縁の神にござる」

「え？　エンノカミ？」

全く止まる気配もなく、人の気配もなく、走り続ける白馬の背中で疑問符を浮かべる。焦点が合わずに神様の言葉を反芻《はんすう》していた私の顔に、神様がふさふさと振った尻尾が当たった。

顔を顰《しか》めて上げたその先に、こちらを振り返る人影が見えた。

「思ってたのと違う――っ！」

迫りくる白馬に小宮さんが叫んでいる。

「小宮さんっ！」

あっという間に小宮さんの横を走り抜けた。白馬に摑まりながら、後方を振り返る。小宮さんが走って追いかけてくるのが見えたけれど、その姿はあっという間に小さくなって視界から消えてしまった。

「坂神さんっ⁉」

「ポコ侍さん！　この馬はどこまで行くの？」

「神の行き先は神のみぞ知る」

白馬が人工池を通り過ぎたところで、神様が徐に紐状《ひもじょう》の物を私に差し出した。走り続ける白馬のスピードが少し緩んだその隙に、私は片手を出して紐を受け取る。紐は白馬の口に繋がっているようだ。なんだ、あるじゃない手綱。

「ってこれ、暖簾？」

風にひらりと広がったそれは、何故か「そば」と書かれた横に長い暖簾だった。よく見ると白馬は暖簾の端をぱくりと銜《くわ》えているだけ。

「どうして暖簾！　蕎麦って何⁉」

「なぬ。そんなことも知らぬのか。水でこねた蕎麦粉を、薄く延ばして細切りにしてだな」

「茹でるんでしょ。そして食べるんでしょ。それはわかってるけど、あぁもう訳がわからないっ！」

「お嬢」

パニックに陥る寸前、神様が優しく宥《なだ》めるように私を呼んだ。

「人と人は縁によって巡り巡って出会うのだ。しかし、ただ待っていては繋がらぬ」

風の音に掻き消されそうな神様の声。私は傾けた耳に意識を集中させる。

「お嬢と小宮に巡ってきた縁。繋ぎとめたくば、その手で引き寄せるでござる」

「引き寄せる……。引けってことなの？」

私は暖簾をぐっと握りしめると、自分に引き寄せるように一気に、綱引きの要領で全身を使って引っ張った。

「お願いエンノカミさん、戻って！　小宮さんのところまでっ！」

すると白馬は、数人のスタッフが待ち構えていた通りの前で方向を変えて、来た道を引き返していく。

「坂神さん！」

小宮さんの声が聞こえて、遠くに走る彼の姿が見えた。

「……このまま小宮さんに突撃したりしないよね？」

「申したであろう。神のみぞ知ると」

白馬はスピードを落とさない。

「戻ってとは言ったけど、そんなことしたら馬刺しにするから！」

再び暖簾を思い切り引く。減速した白馬に、小宮さんが駆け寄って私に手を伸ばす。私は身を乗り出してその手を掴んだ。白馬の背中から自分の身体が落ちていくのがわかって目を瞑《つぶ》る。落馬したと思った私の身体は柔らかな土の上に転がったのに、顔には全く衝撃がなかった。開いた目の前には小宮さんの顔があって、私の頭は小宮さんの腕に守られていた。

「大丈夫？　怪我は？」

どこも痛くはない。私は頷いて起き上がった。

「小宮さんは？」

「俺も大丈夫！」

落ちた場所が良かったと言いながら、小宮さんは頭の砂を払い落とす。

「ありがとうございます。助かりました」

「なんで馬に乗ってたんすか？　はぁ、とにかく坂神さんが無事で良かった」

全身砂まみれの小宮さんは荒い息を整えている。人工池の畔《ほとり》には、私と小宮さん以外に誰もいない。

神様もいない。

小宮さんへ手を伸ばしたあの時、暖簾から離した手で神様を抱えたはずだったのに。慌てて周囲を見回しても、何処にもその姿はない。まさか、あの白馬にまだ乗ったま ま……？　でも白馬はとっくに走り去っている。

馬に遭遇して、気が付けば乗っていた。私は経緯を正直に話した。勿論、狸の神様と一緒だったことは除外した。口頭で伝えるだけなら信憑性《しんぴょうせい》に欠けるけれど、実際に白馬に乗った私を目撃していた小宮さんは戸惑いながらも信じてくれたようだった。

「坂神さんがいなくなった後すぐ、馬が脱走してるってすげぇ騒ぎになって。それで心配になって、手分けして探してました」

「……ごめんなさい。あの、みんなは？」

「大丈夫。エントランスで集合することになってて。坂神さんを追いかけてた途中で、失《な》くした自分のスマホを見つけたんですよ。で、みんなには坂神さんを見つけたから俺が連れて行くって連絡してあるんで、今頃そこに集まってると思いますよ」

それなら、神様もそこに向かっているのかもしれない。ちゃんと人間の姿に戻っていればいいけど。神木さんが落としたスマホも、インフォメーションに届けられていて無事だったと言う。

「ごめん坂神さん。俺らもエントランスに行く前に、もう少しだけ休ませて」

小宮さんは可愛い笑顔に隠せない疲弊を滲ませている。地面に座り込んだままで、しばらく動けそうにない。

「勿論です。本当に、ご迷惑をおかけして。何と言ったらいいか……」

私は小宮さんの前にきちんと座り直した。小さなバッグから折りたたんだハンカチを取り出して、せめてものお詫びに汗と砂で汚れた小宮さんの顔を拭く。小宮さんは一瞬たじろいだけれど、照れた様に笑いながら大人しく拭かれている。

「あの、小宮さん」

きれいになった顔を前に、もう一度姿勢を正した。

「神木さんと話していたこと。盗み聞くようなまねをして、本当にごめんなさい」

そこで小宮さんは思い出したようにハッとして、気まずそうに俯いた。頭を掻いて、それからゆっくりと顔を上げる。

「もう後悔したくないんで、ちゃんと言わせてください。俺、坂神さんが好きです」

まっすぐこちらに向けられていた視線が、ほんの僅かに下がった。

「あの『ごめんなさい』っていうのは。つまりは、ダメってことですか？」

「い、いえっ！」

　その手で引き寄せるでござる。神様の声が聞こえた気がした。私はそっと手を伸ばして、助けてくれたその手に触れようとした。触れる寸前で手が震えて、思わず小宮さんの袖口を掴んでしまい、そのまま少しだけ引っ張った。

「私も、ずっと告白したいって思ってました。私は……小宮さんのことが好きです」

　いつもなら恥ずかしくなって顔を背けてしまう距離でも、隠していた気持ちを打ち明けた今は、まっすぐに相手の顔を見ることが出来る。それは、目標にしていた私の開花宣言だった。袖口からそっと手を放して、花が散らないように震えるのをじっと耐える。

「…………っふ！」

　私の告白にぽかんとしていた小宮さんが突然、手で口を塞いで小さく呻《うめ》いた。

「ふ……？」

　きょとんとする私にはにかみながら、否定するように手をひらひらさせる。

「いや。……今、めちゃくちゃ坂神さんを抱きしめたくなったんですけど。そんな場合じゃないよなって思って……我慢しました」

　今そんなことされたら心臓が飛び出してしまいそう。命拾いをしたのかもしれない。

「坂神さんを連れて行って、みんなを安心させないと。お待たせしました。行きましょう！」

　小宮さんの体力が回復したところで私達は立ち上がった。

　エントランスに向かう途中で園内放送が入った。結局、馬は一頭も脱走していない事が確認され、しかし園内で檻の外にいる馬が目撃されていることから、安全確認のため予定より早く閉園すると言う。通常の閉園時間の五分前のことだった。

　周囲は特に混乱もなくエントランスに到着した私達は、帰っていく人達の流れから離れた場所にいる弁天さんと神木さんを見つけて駆け寄った。迷惑をかけてしまったことを詫びる私に、二人は笑って許してくれた。

「馬の脱走はデマだったらしいが、僕達は園内を走っている白馬を見たんだ」

「キョエちゃんが無事で何よりね。でも私はてっきりコタツ王子が、キョエ姫を白馬に乗せて連れて来るんだと思ったわ」

　そんなわけないじゃないですか、と苦笑する小宮さんに意味有りげな視線を送っている弁天さんと神木さんだけど……。

「あの。山君を見ませんでしたか？　島君や森ちゃん、川ちゃんもいませんが……」

　エントランスの何処を見回しても神様達の姿がない。

「それがまだ戻ってこないんだ。彼らはスマホを持ってないんだろ？　出入り口は一か所しかないし、園の外で待つしかないな」

そう言う神木さんの腕には、寄り添うように立っている弁天さんの両手が添えられている。

そう言うことなの弁天さん？　さっきから気になってはいたけれど、あまりに自然な二人の雰囲気に、きっと小宮さんも突っ込むタイミングを計り損ねている。

今はそれよりも、戻ってこない神様のことが気掛かりだった。小宮さんも、弁天さんと神木さんもどこか不安気な表情を浮かべ、それでもスタッフに促されて動物園を後にする。エントランスに最後まで残っていた私達が外へ出ると門は閉められてしまった。

「困ったわね。島君なら、動物園に取り残されても問題はなさそうだけど」

「そうですね、川ちゃんも大丈夫……。って、いやいやダメですって！」

急に慌てだしたかと思えば笑って誤魔化す小宮さん。そんな彼の様子に眉根を寄せる神木さん。でも、私も内心は落ち着かなかった。

神様はもう戻っては来ない。そんな漠然とした予感がしている。狸の神様が動物園のスタッフに見つかって保護されている。そんな想像が脳裏に浮かんで気が気でない。

案ずるな。ふと、神様の声が聞こえて振り返る。でもそこに神様はいなかった。気のせいだったのかな。陽《ひ》が沈んで、夜が始まろうとしている。天を仰ぐように視線を上げた私は、直後に息を呑んだ。

「あっ！　……え？」

直ぐには理解できない光景に、思わず間の抜けた声を出す。三人も振り返って私の視線を辿る。エントランス内にあるお土産屋さんの屋根の上。そこに人間の神様が座ってこちらを見下ろしている。その隣にはカラフルで目立っている川ちゃんと、長い髪を靡かせている森ちゃんと、何処にいてもニッコリ笑顔の島君がいる。

しばらく呆然と眺めていたけれど一向に理解が出来ない。どういう状況なの？

すると四人は立ち上がり、そしてまたたく間に消えた。

消えた？　違う。よく見ると神様がいた場所には狸がいる。突然、私達の目の前で人間から狸の姿になった神様。その隣にはビーバーと、リスと、見たことのないニッコリ顔の動物がいる。

「…………」

顔を見合わせる私達四人は、唖然《あぜん》として誰一人言葉を発しない。ただ「そう言うことなの？」と互いに目で問いかけ合っている。

私に神様がいたように、みんなにもそれぞれの神様がいたということ。そう理解した矢先に、今度はあの白馬が突如として屋根の上に現れた。目まぐるしい展開にやっと理性が追い付いて、一体どうやって白馬は屋根に上がったんだろうと疑問を持った時にはもう、白馬の背中に四匹の神様達が乗っていた。四匹はそれぞれ前足を振っている。それは、こちらに向かって手を振っているように見えた。

行ってしまう。そう直感して駆け寄ろうとすると、白馬は一声嘶いて神様達を乗せたまま空へ向かって駆け出していく。神話に出てくるペガサスのようだけれど翼のない白馬は、まるで天まで続く見えない道を登るように走っていく。そしてその姿はあっという間に見えなくなってしまった。

行ってしまったんだ。さよならも言わずに。神様達が消えた空をいつまでも見上げているみんなも、きっと同じことを感じている。

山君だった狸が山の神様なら、川ちゃんだったビーバーはきっと川の神様で。森ちゃんだったリスは森の神様で。島君だった笑う動物は島の神様で。そんな、みんなの神様だった四匹は白馬のエンノカミに乗って、私達の前から消えてしまった。

閉園した動物園の前で星が輝きだした空を眺めている、置いてけぼりな私達。みんなは、手を振った神様達に何を思っているのだろう。私は、追いかけたくても出来なくて、誰もいないだろう我が家に帰ることも出来ないでいる。

しばらく続いた重い沈黙を破ったのは、小宮さんだった。

「きっと美味い物食いに行ってますよ、あの神様達。俺らも飯に行きませんか？」

「そうだな」

「俺、駅前に出来た居酒屋の割引券持ってます！」

「いいわね。行きましょう、キヨエちゃん。ほら丁度バスが来たわ」

みんなで美味しいご飯を食べていれば、あの食いしん坊な神様がひょっこりと顔を出すかもしれない。そんな淡い期待を胸に、私はバスに乗り込んだ。

出会いも別れも突然すぎて、信じるにはどうしても時間がかかってしまう。

◆

あれから一カ月が経とうとしている。動物園で目撃された白馬が捕獲されることも、神様が戻ってくることもなかった。

弁天さんはお正月に、東京へ帰省した神木さんについて行ったらしい。初めて大道芸を見た思い出の遊園地へ遊びに行ったと、二人で写った写真を送ってくれた。

「ただいま」

年末年始の激務を終えた小宮さんと初詣へ行き、帰宅した部屋に私の声が寂しく響いた。同居人はいないのに「おかえり」の言葉が返ってくるんじゃないかと、つい一瞬待ってしまう。

暗い部屋に明かりを灯した。口うるさい人がいなくても手洗い嗽はちゃんとするし、お風呂も毎日ピカピカに磨いている。マヨネーズの作り方も見ていて覚えたから、サラダの時は手作りしている。こうして私の冷蔵庫からマヨネーズが消えた。

そう言えば、もう一つ消えたものがある。

小宮さんが偶然見つけたお蕎麦の屋台。人気のない空き地の中にあって、おじさんが一人で商いをしている小さな店には、かけ蕎麦しかメニューがないらしい。でもそのかけ蕎麦は、一度食べたら忘れられないくらいに美味しいのだという。話を聞いた私も食べたくなって連れて行ってもらったけど、店は跡形もなく消えてしまっていた。

今日もきれいな湯船で身体をぽかぽかに温めて、冷めないうちにふかふかなベッドに潜り込んだ。ベッドの脇には、神様の寝床という役目を終えて元に戻った木箱がある。明日からは道具入れという新たな役目を担ってもらう。

眠る前にはいつも思う。神様はどこで何をしているだろう。

神様だって言うくせに神様らしいことは何もしないけれど、掃除洗濯、料理までする家政夫みたいな狸だけれど。沢山食べて、人の顔を読んで、色気が無いと文句を言って好き勝手しながら、私の話だけはちゃんと聞いてくれていた。

絶望していた誕生日に救いを求めた私の元へやってきたのは、喋る子狸の自称神様。神様なんて本当に信じていたわけじゃない。でも今ならわかる。あの食いしん坊狸は人の願いを叶えなくても、人の願いに寄り添ってくれる、私には必要な神様だった。

迷子になっていたあの頃の私のように彷徨っている人がいるなら、神に救いを求めてほしい。きっと思っていたのとは違う神様が来て居座るけれど、マヨ臭くて無遠慮で小さくて温かい、そんな前足にちょんと背中を押されて、一歩前へ踏み出せる勇気が持てるはずだから。

一緒に食べて、一緒に眠って、生活の中に溶け込んで。そうやって、顔を上げて前に進もうとする人達をこれからも、神様は見守っていくのかもしれない。お礼も言えなかった私が神様に出来ることは、神のみぞ知るその先に、いつでもマヨネーズと温かな寝床がありますようにと願うことだけ。

枕元のスマホが光ってメッセージの受信を知らせる。小宮さんから届いたペンギンのイラスト付きの「おやすみ」に、私も花のイラストを付けた「おやすみ」を返し、眼鏡をはずして目を閉じた。

小さく丸まって、美味しい夢を見ながらすぅすぅ寝息を立てている神様の姿が深い夜に浮かぶ。

「おやすみなさい、神様」

神を拾ったこの縁が、どうか必要としている人達にも巡り巡って広がりますように。そして引き寄せた誰かのそばで、明日も明後日《あさって》も、その先もずっとポコ侍が元気でいますように。

終章

静かな暗闇の中でぽつりと明かりを灯している小さな屋台。まるで引っ張られたように伸びている「そば」と書かれた暖簾の向こうに、四匹の動物達がいる。

「もう一杯でござる」

と、狸。

「これで五杯目だよ山の神さん。わんこそばと勘違いしてないかい？」

と、エゾリス。

「そう言う森の神の姉さんも、食後のコーヒー五杯目でござんす」

と、クアッカワラビー。

「島の神殿は蕎麦屋でなにゆえ蕎麦を食べずにパリパリしておいでか」

と、ビーバー。

「食後のチョコケーキが六皿目とな川の神。負けてはおれぬな、もう一杯」

お代わりをねだる狸に、蕎麦屋が首を振った。

「充分食べただろう。これでもう店仕舞だ」

そう言うと蕎麦屋は、あっという間に白馬の姿になって夜空を駆け上がっていく。

屋台も忽然と消失し、残された動物達は月を見上げて、遠ざかる白銀の鬣を見送った。

「これでようやく島に渡れるでござんす」

「日本は島国でござる。こことて島なら西へ東へ渡り歩いてみてはどうだ？」

「そうしなよ島の神さん！　道に迷わないように、あたいがまた紙飛行機を折ってやるからさっ」

「それなら一層、森の神について行けばいいでござる」

狸の言葉にエゾリスはギョッとして、クワッカワラビーはパッと瞳を輝かせた。

「お供いたします」

「仕方がないね。餅でもつきな。そのキモチがあるならついて来いってね！」

「へい。では山の神の旦那、川の神の姉さん。あっしらはこれで」

走り去っていくエゾリスとクアッカワラビーが、東の方へ消えていく。

「そいでは、わちきも。縁があればまた何処かで、山の神殿」

ビーバーが静かな足取りで西の方へ歩き出す。すると狸も一緒になって歩き出した。

「それがしも、こっちへ行こうと思っておったのだ。ともに行かぬか？」

驚いたようにビーバーは立ち止まり、しかしすぐに狸と歩調を合わせる。

「それもまた一興でありんす」

並んで歩く狸とビーバーは次第に薄まっていき、夜に溶け込むようにしてその姿を消していった。

あとがき

選択を迫られた時に歌う、遊び歌があります。どちらにしようかな（天の）神様の言う通り。この続きは地域によって異なります。私は「りりりのり」や「ぶっとこぶっとこ」と歌っておりました。今思えば、運命を託すには謎過ぎる歌です。

神様を拾おう。そんな思いつきで書いた物語がまさかの書籍化。そして夢にも思わなかったシリーズ化に驚いたり喜んだりしながら書き続けて、ついに第五弾となります「夢」をテーマにした本作で無事に完結となりました。

数ある本の中から手に取ってくださる読者様に、楽しんでもらうにはどうしたらいいのか考え、人を楽しませるには先ず自分が一番楽しむべきだという結論に至り、その結果、子狸がマヨネーズを飲みだして中毒を拗《こじ》らせていきました。私という人間が謎過ぎますが、お陰で表面を取り繕う必要のない仕上がりになった神様に主人公も素が引き出しやすくなって、一人と一匹、ペットでも家族でも友達でもない、でもほのぼのとした掛け合いから生まれる奇妙で温かい関係性を私は楽しむ事が出来ました。

あなた様も楽しんで頂けたなら幸いです。
今回は第三弾「さよならの神様」の主人公だった祈里さんと福禄さん、第四弾「おはようの神様」の主人公だったレイジさんが登場しました。コタツ君も初登場は第四弾でした。ちょい役から主人公までマルチな活躍で全巻に登場していますミヤダイさんは、本作の主人公が決まる前から出演依頼を出しておりました。短編連作の形式を、意図せず貫きました本シリーズの主人公は二十名。神様と出会う様々なキャラクターが書けたことも楽しい経験でした。私もまだ夢の途中なので今後に活かしていけたらと思います。

フリーランスな神様達の御浮遊記、ポコ侍シリーズを最後まで支えてくださった家族様、友人様。担当編集者様をはじめ、お力添えを頂きました皆様。絵の神様ですイラスト担当の梨々子《りりこ》様。ここまで読んでくださったあなた様。心の鬼退治が得意な島の神様。趣味はキャンプ森の神様。恋バナ以外は聞き流す川の神様。そして、ポコ侍と呼ばれるの実はそんなに嫌じゃない山の神様。四年間、ありがとうございました！
それでは、おやすみなさい。感謝でまんまるな夜に。

鈴森《すずもり》丹子《あかね》

応援してくださって
ありがとうございました…！
すてきなお話に関わらせて頂き
うれしかったです.
梨々子.
縁を結ぶには
ちと小さい…

<初出>

本書は書き下ろしです。

この物語はフィクションです。実在の人物・団体等とは一切関係ありません。

メディアワークス文庫

おやすみの神様《かみさま》

鈴森《すずもり》丹子《あかね》

2020年 6 月25日　初版発行
2024年10月30日　再版発行

発行者　山下直久
発行　株式会社KADOKAWA
〒102 - 8177　東京都千代田区富士見2 - 13 - 3
0570-002-301（ナビダイヤル）
装丁者　渡辺宏一（有限会社ニイナナニイゴオ）
印刷　株式会社KADOKAWA
製本　株式会社KADOKAWA

Printed in Japan
ISBN978-4-04-913225-0 C0193

メディアワークス文庫　https://mwbunko.com/

本書に対するご意見、ご感想をお寄せください。

あて先
〒102-8177　東京都千代田区富士見2-13-3
メディアワークス文庫編集部
「鈴森丹子先生」係